本と鍵の季節

米澤穂信

集英社文庫

本と鍵の季節

The Book and The Key

Contents

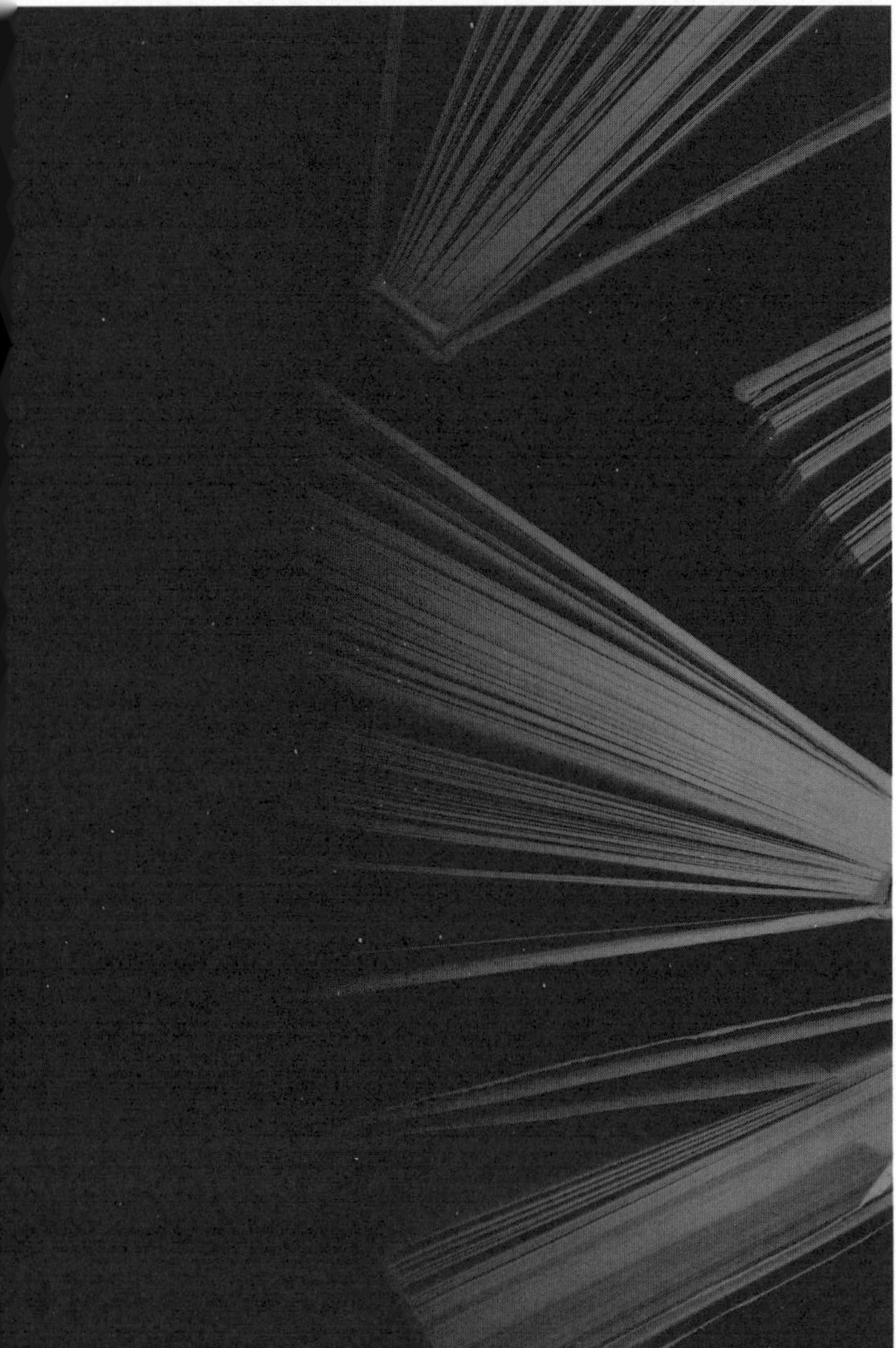

本と鍵の季節

The Book and The Key

本書は、二〇一八年十二月、集英社より刊行されました。

初出
913　「小説すばる」二〇一二年一月号
ロックオンロッカー　「小説すばる」二〇一三年八月号
金曜に彼は何をしたのか　「小説すばる」二〇一四年十一月号
ない本　「小説すばる」二〇一八年八月号
昔話を聞かせておくれよ　「小説すばる」二〇一八年九、十月号
友よ知るなかれ　単行本書き下ろし

9
1
3

The Book and The Key

1

図書室は寂しくなった。

三年生の図書委員は互いに顔見知りで仲がよく、放課後になると図書室は図書委員会の遊び場になっていた。他愛《たわい》ない雑談やちょっとしたゲームでいつも盛り上がり、閉室まで笑い声が途絶えることはなく、それだけに六月に入って受験準備のため先輩たちが委員会を退くと図書室は火が消えたようになってしまった。

なまじそれまで賑《にぎ》わっていたので、残された一、二年生は気が抜けたのか、当番でもなければ図書室に寄りつかない委員が増えた。その当番ですら、誰かに肩代わりさせることがはやっている。つまらなくなったと嘆く声も聞いたけれど、僕はそう思わない。いまのように静かな図書室も居心地がいい、というか、いくら利用者がいないからって図書委員が図書室でわいわい騒いでいたのは、やっぱりどこかおかしかったのだ。

その日、図書当番は僕と松倉詩門《まつくらしもん》の二人組で、図書室にほかの生徒の姿はなかった。利用者皆無なのに二人も詰めるのは無駄だろうけれど、松倉が相手なら時間はつぶせる。

静まりかえっている図書室を貸出カウンターの内側から眺めながら、僕は言った。

「図書委員会が好き放題したから誰も来なくなったのか、誰も来ないから図書委員会が好き放題したのか。どっちだと思う」

松倉はあくびをしていた。遠慮のない大あくびを途中で止めようともせず、最後まで遂げてから涙の浮かんだ目を僕に向ける。

「どっちでもいい。俺たちは別に、利用者数に責任を負ってない」

それもそうだと思ったので、僕はなにも言わなかった。

松倉とは今年の四月に、委員会の第一回会議で知り合った。もちろん、それまでも見かけたことはあった。背が高く顔もいい松倉は目立つ存在で、廊下ですれ違ってもなんとなく印象に残る。見るからに運動が得意で本には縁がなさそうなので、委員会で会ったときには内心驚いた。

話してみるといいやつだった。快活でよく笑う一方、ほどよく皮肉屋だ。運動部には入っていないが、子供の頃はスイミングスクールに通っていて、そこそこ成績もよかったらしい。これが同じ高校二年生かと思うほど分別くさいことを言うかと思うと、意外に間が抜けたところもある。図書室が遊び場だった頃、お付き合い程度に愛想笑いはしても自分から騒ぐことはしないという彼の立ち位置に共感して、よく話すようになった。

松倉が図書返却箱に手を伸ばす。返却された本はいちおう下校時刻までに書架に戻しておくことになっているが、まだ時間があるせいか、その手の動きは緩慢だ。返却箱は空のことも多いけれど、今日は三冊ほど入っていた。一番上の一冊を手に取って、松倉は不意に苦笑いする。横から覗《のぞ》くと、ダン・シモンズの『ハイペリオン』だった。僕は読んでないし、松倉は翻訳物が苦手だったはずだから、やっぱり読んでいないだろう。それでも僕には苦笑いの理由がよくわかる。案の定、松倉は言った。

「やっぱりシモンはないな」

僕も、いつものように答える。

「そうかな。なくもないと思うけど」

松倉詩門は自分の名前が嫌いだ。「詩門」は恥ずかしいと思っている。けれど僕はもっとすごい名前のやつを知っているので、そのぐらいならたいしておかしいとも思っていない。もっとも松倉はこの問題に関しては、僕に同意を求めているのではない。

「シモンはどう見てもキリスト教だろ。俺はクリスチャンじゃないし、失礼だ」

「そうか？」

「大人になったら改名する」

「前にも聞いたよ」

「何度でも言うぞ」

松倉の決意は固い。でも別の言い方をすれば、松倉は大人になるまでは改名しないと決めていることになる。その理由も前に聞いた。親の付けた名前に付き合うのも、浮き世の義理だと思っているのだ。

　会話の端々から、松倉の父親はもう亡くなっているのではと思うことがある。彼が詩門という名前を我慢するのは、親への義理立てじゃないのか。本人に確かめたことはないし、これからも訊《き》くことはないだろう。

　松倉ほどではないけれど、僕も自分の名前はあまり気に入っていない。堀川次郎《ほりかわじろう》。次男だから次郎。変に捻《ひね》られるよりはありがたいけれど、もう一工夫欲しいところだった。

『ハイペリオン』をカウンターに置いて、松倉が返却箱から出した二冊目は『新明解国語辞典』だった。辞書は禁帯出だ。図書室内で自習に使い、戻す棚がわからなくなったか、自分で戻すのが面倒になったのだろう。

　そして、残った三冊目がひどかった。

　ブックコートフィルムも貼られていない、古い文庫本だ。岩波文庫から出ている志賀《しが》直哉《なおや》で、『小僧の神様　他十篇』。手に取った松倉がたちまち顔をしかめる。

「ひどいな」

　表紙は真ん中あたりで折れ曲がり、全体的に乾いた泥で汚れている。

「どうしたらこうなるんだ」

　松倉がそう言うので、適当に思いついたことを言ってみる。

「読みながら泥沼に突っ込んだんじゃないか」

「ダイナミックな読書だな。いい趣味だ」

「いい趣味か？　図書室の本を汚して返してくるなんて」

「そうだな。けしからん」

僕たちは言葉ほどには怒っていなかった。どちらも多少は本を読むけれど、ものとしての本を神格化するには愛が足りていないのだ。持ち歩いていれば汚れることもあるし、破れることもあるだろう。入手が難しい本でなかったのは不幸中の幸いだ。

松倉がぱらぱらとページをめくって、中の状態を確認する。

「どうだ？」

と訊く。

「まだ読めるな」

「拭いてみた方がいいか」

「それもそうだが、もうひとつ」

松倉が見せてきた本の背表紙は、著者名の下が無惨な擦《す》り傷になっていて、背ラベルまで剝がれてしまっていた。

「結構重傷だな。もう除籍した方がいいんじゃないか」

そう言うと、松倉は面倒そうに眉を寄せた。

「俺たちが決めることじゃない。あとで、どうして勝手に捨てたのかなんて言われるのは嫌だぞ」

「それもそうだな」

「とりあえず直そうぜ」

松倉はスポーツも勉強も出来るが、手先はちょっと驚くほど不器用だ。「俺がやると破りそうだ」と尻込みするので、補修は僕がやることにする。

泥汚れは水拭きしたいところだけれど、ものが紙だけにごしごし擦《こす》るわけにもいかない。ウェットティッシュが欲しかったけれど、図書室の貸出カウンターにそんなものは用意していないので、トイレでティッシュを濡らして固く絞り、汚れが落ちるか撫《な》でてみた。

一通り撫でて、乾いたティッシュで乾拭《からぶ》きし、出来映えを眺める。

「あんまり変わらないな」

僕の率直な感想に、松倉も頷《うなず》いた。

「駄目か」

「でもこれ以上は紙が傷《いた》む」

「そういえば、本の汚れ落としには消しゴムがいいって聞いたことがある」

あまりにぬけぬけと言うので、さすがに少し腹が立つ。

「先に言えよ」

松倉はさほど悪いとも思っていなさそうに、「すまん」と言った。水気が完全に抜けるのを待って言われた通り消しゴムを使うと、たしかに少しはきれいになった。

「あとは擦れたところか。放っておくと、ここから破れていきそうだ」

「フィルムで補強すればいいんじゃないか」

「そんなやり方も聞いたことがあるのか」

松倉は笑った。

「いま思いついた」

一度ブックコートフィルムを貼ってしまえば、剝がしてやり直すことは難しい。少しためらったけれど、ほかにいい方法があるわけじゃないと思い切る。貸出カウンターの引き出しからフィルムのロールを出して小さく切り取り、斜めにならないよう慎重に、擦り傷の部分に貼りつける。

もう一度、出来映えを見る。

「……おお。いいんじゃないか？」

思わず出た自画自賛に、松倉も「やってみるもんだな」と同意してくれた。

思いつきの割には意外と目立たないよう直せた。これなら、背ラベルを貼れば損傷はほとんどわからないだろう。背ラベルなら在庫がある。これはさすがに手先の器用さは関係ないだろうし、字は松倉の方が上手《うま》い。

「ラベルは任せた」

そう言うと、松倉は頷いて引き出しから在庫のラベルを探し出し、ボールペンを構えた。まずは日本十進分類法に基づいて、日本の小説であることを示す分類記号の「９１３」を書き入れ、著者は志賀直哉なので、「シ」と書き添える。傷んだ背ラベルの上から新しいラベルを貼り、僕がフィルムで固定した。

あとは三冊とも書架に戻すだけで、三分とかからず用事は済んでしまった。となるとほかにやることもない。トランプぐらいならどこかに隠してあるはずだけれど、僕も松倉もいまさら図書室を遊び場にしようとは思っていなかった。あれやこれやで一時間はこうしているけれど、たった一人の利用者すら入ってこない。いくらうちの図書室が不人気だからといって、これほど静かな日も珍しい。

先に退屈に音《ね》を上げたのは、松倉の方だった。

「堀川。なにかやることはないか」

もちろん、いろいろとある。

「図書室だよりの原稿は、早ければ早いほどいいだろうな。未返却本の督促状を書いてもいい」

「なあ。そういうこと言いたいんじゃないってわかってるだろ」

「ああ。宿題のことか？」

松倉は付き合いきれないというようにそっぽを向いたけれど、「そうだな。じゃあ、督促状からやるか」と呟《つぶや》いた。

それで、あとは黙々とした作業のうちに放課後は過ぎていくはずだった。

けれどこの日はそれで終わらなかった。松倉が督促状の用紙を取り出したところで、ずっと閉じたままだった図書室のドアが開かれたのだ。入ってきた生徒を一目見て、本を借りに来たのではないとわかる。よく知っている人だった。

僕は、

「あ、ども」

と小さく頭を下げ、松倉も申し訳程度に僕に倣う。

入ってきたのは、このあいだ図書委員会を引退した三年生のひとり、浦上麻里《うらがみまり》先輩だった。手に小さなペットボトルを二本持っている。先輩は僕たちを見て、いまにも片目をつむってみせるのではないかと思うほど、悪戯《いたずら》っぽく笑った。

「や。暇そうね」

引退後、なにくれとなく理由をつけて図書室を覗きに来る先輩は何人かいたけれど、浦上先輩を見たのは今日が初めてだ。

浦上先輩は、最後に見たときよりも少し日焼けをしているように見えた。肩までの髪は軽く内側にカールして、いつものように少し眠そうな目をしている。なにか塗っているのか、ぽってりとしたくちびるに光沢があるのについ目がいった。

「見ての通り、暇です」

僕がそう言うと、松倉がすぐに補足する。

「督促状を書こうと思ってたところです」

「そ。じゃあ、暇ね」

貸出カウンターにもたれかかり、浦上先輩は手にしていたペットボトルを僕たちの前に置く。爽健美茶だった。

「はい、差し入れ」

嬉しいけれど、

「どうしたんですか、いきなり」

そう訊いても、先輩は笑顔を向けるだけ。松倉がポケットからハンカチを出して、少し結露しているペットボトルの下に敷いて、口の端を持ち上げた。

「差し入れじゃないですよね。買収か……手付け金？」

浦上先輩はあっさりと、「ばれたか」と両手を上げた。

「詩門くん、やっぱりなかなか鋭いね」

「おごってもらう理由がないですから」

「おお、かわいくないかわいくない。後輩と上手くやれてる？」

その返事は待たず、先輩は秘密めかして声を落とす。

「実はそうなんだ。ちょっといい話があるんだけど」

「僕たちに？」

「うん」

ということは、先輩は僕たちが今日の図書当番だと知っていて来たようだ。

「いきなりなんだけどさ、アルバイトしない？　堀川くんたちに向いてる話だと思うんだ」

僕たちに向いていると言いながら、先輩はなぜか、僕の方ばかりを見て話す。松倉が口を挟んだ。

「なんか怪しいですね」

「まあね。でも、話だけでも聞いてよ。それともぜんぜん興味ない？　忙しいかな」

「そういうわけじゃないですが」

「じゃ、いいよね」

そう受け流し、まだ聞くとも言っていないのに「うちのことなんだけどさ」と話を切り出した。

「おじいちゃんが死んだんだよね」

「そうだったんですか」

「あ、結構前のことだから、そんな気の毒そうな顔しないで。でね、いいおじいちゃんだったんだけど変なところで凝り性で、いまちょっと困ってるの。恥ずかしい話なんだけど……」

　恥ずかしいと言いながら、先輩は少し嬉しそうだ。

「金庫に鍵かけたまま死んだのよ」

「金庫？」

「そう。こんなやつ」

　手を大きく広げて、先輩は金庫の大きさをアピールする。もし本当にその大きさなら、人間だって入れそうだ。先輩は続けて、ツマミを捻るような仕草をした。

「こうやってダイアルまわして番号合わせる金庫なんだけど……。もう、なにを頼みたいかわかったよね？」

　まさかとは思うけれど。

「僕たちにその金庫の番号を探り当ててくれ、なんてことじゃ」

「正解！」

　先輩はにこりと笑って、親指を立てる。

僕が言いたいことは、松倉が言ってくれた。

「冗談でしょう」

「なにが？」

「『おじいさんの遺した開かずの金庫』ってのが、まずひとつ。その解錠を俺たちに頼むのがもうひとつ」

するると先輩は少しのあいだ黙り込み、やがて、作ったような笑顔になった。

「どんなことでも起こるのよ。おじいちゃんだって、開かずの金庫にするつもりなんかなかったと思う。ただ、自分が思ってるより早く死んじゃっただけ。誰にも秘密を教えられずに」

先輩の笑顔は、ひどくさみしそうに見えた。

けれどそれは一瞬のことで、すぐに目を輝かせて身を乗り出してくる。

「堀川くんたちに頼むのは、ほら、いつだったか暗号を解いたじゃない。あれすごいなって思ってて、鍵が開かないってわかったとき、あの子たちなら！　って思っちゃったのよね」

「ああ……」

溜め息をつくように、松倉が頷いた。

浦上先輩が言う通り、僕と松倉は前に暗号を解いたことがある。普段図書委員会では誰も本のことなんて話題にしなかったけれど、ある日、どういう流れだったか、先輩の一人が江戸川乱歩《えどがわらんぽ》の短篇「黒手組《くろてぐみ》」を持ち出してきた。「これ暗号なんだけど、誰か解ける？」と言われて、僕と松倉がその気になった。さすがにその場ですぐに解くことはできなかったけれど、下校時刻直前になって松倉が突破口を見つけ出し、夕暮れ時の図書室で僕たちは大いに面目を施したのだ。

「あれは、まあ、たまたま」

「たまたまでもいいよ。駄目で元々、当たれば大きい」

　僕は割と興味を惹《ひ》かれていた。けれど松倉は苦い顔で、どうも気が進まない様子だ。

「でも、ダイアル式の金庫ですよね。要するに俺たち、正解の数字を探してひたすらダイアルまわすだけじゃないですか。総当たりしたって面白くもなんともないし、いつまでかかるか」

「察しが悪いなあ。総当たりしてなんて言ってないでしょ。手がかりがあるに決まってるじゃない」

　たしかに、暗号小説を解いたという理由で僕たちに目をつけたのなら、なにか手がかりはあるのだろう。暗号っぽいものが。

「とにかく、挑戦するなら夕飯ご馳走《ちそう》してあげる。で、もし金庫が開いたら中身次第でバイト代を出すわ」

そこまで言って、浦上先輩はちょっと人が悪そうな笑みを作った。

「言っておくけどね。あたしのおじいちゃん、けっこう、お金持ちなのよ」

2

浦上先輩の口車に乗せられて、僕と松倉は本当に「開かずの金庫」に立ち向かうことになった。

次の日曜日の午後二時、僕と松倉は浦上家の客間にいた。出された座布団はあまりに分厚く柔らかく、かえって座りづらい。なにやら黒光りするテーブルはいかにも値が張りそう。そのテーブルを挟んで、フェミニンな感じのワンピースを着た浦上先輩も座っていた。僕もとっておきのポロシャツを出してきたけれど、なんの工夫もないTシャツ姿の松倉の方が様になっているように思えるのは、意識過剰だろうか。

床の間には、老人が岩山を登っていく水墨画が掛けられている。花瓶も大振りで高いものかもしれないけれど、花はなかった。精緻《せいち》に彫られた欄間《らんま》の龍を見ながら、僕は言った。

「先輩、結構すごい家に住んでるんですね」

「そうかな」

浦上先輩は首を傾《かし》げた。

「古いだけだよ。それとも、値打ちものがあった？」

「いえ、わからないですけど」

僕と先輩が他愛ない話をしているあいだ、松倉はむっつりと黙り込んでいる。やはり今回の件にはまるで気乗りがしていないようだ。嫌なら僕一人で行くから無理はするなとさんざん言ったのだけれど「いや、まあ」と言葉を濁して結局やって来た。そしてずっと仏頂面をしているのだから、なにを考えているのかわからない。

市松模様の襖《ふすま》がすうっと開く。片手にお盆を持って立っているのは、見知らぬ、けれど浦上先輩にどこか似た女の人だ。膝丈のスカートに桜色のブラウスを着ていて、母親というほど年上には見えない。先輩が言った。

「ありがと、お姉ちゃん」

姉と呼ばれたその人は、僕たち二人にさっと視線を走らせる。一瞬だけだったけれど、値踏みをするような油断のない目だ。先輩本人に呼ばれたとはいえ、日曜日に男子二人連れで押しかけたのだから当然かもしれないけれど。

お盆には急須と湯呑《ゆの》みが載っていた。先輩のお姉さんは湯呑みを配りながら、口元に笑みを作る。

「麻里が変なことを頼んだそうね。休みの日に、わざわざ悪いわね」

少し甘い声だった。事情は聞いているらしい。

「いえ。お役には立たないと思いますけど」

「まあ、そんなこと言わないで、ぜひぜひ頑張ってね、あたしも楽しみにしてるんだから。じゃ、ごゆっくり」

そう言うと腰も下ろさず、客間を出て行く。先輩は嚙《か》みつきそうな目でそれを見送って、僕たちにはあきれ顔を見せた。

「ごめんね。あたしの話し方が悪かったのかもしれないけど、お姉ちゃん本当に期待してるみたいなの。あんまり気にしないで、気楽にね」

それまで黙っていた松倉が、ぼそりと言った。

「中身が気になって仕方ないようですね」

少し皮肉っぽい口ぶりだったので、それは「お金を欲しがってるようですね」と聞こえなくもない。ひやりとするけれど、先輩は、

「おじいちゃんの遺品だからね。早く見たいのはあたしも同じ」

と受け流した。安堵《あんど》すると同時に、やはり今日の松倉は様子がおかしいと思う。

先輩がお茶を注《つ》いでくれた。初夏に熱いお茶はどうかと思ったけれど、少し脱水気味だったのか、口をつけると意外に水分が嬉しかった。家が立派なだけにどんなお茶が出てくるのかと思ったが、案外普通というか、憶《おぼ》えのある親しみやすい味だ。先輩自身も

口をつけたものの、ほんの一口飲んだだけで、

「で、本題」

と切り出した。

「わざわざ来てもらってごめんね。手がかりが『これだ！』ってはっきりしてれば、それを見せるだけでもよかったんだけど。ええと、どこから話そうかな」

ちょっと視線を宙にさ迷わせる。

「……うん、じゃあ、ここから。あたし、おじいちゃんには子供の頃から結構なついてて、おじいちゃんもあたしのこと気に入ってくれてたの。高校に入ったとき制服姿を見せに行ったら、すごく喜んじゃってさ。で、いつだったかな。こんなこと言ったの。

麻里にはなにかいいものをあげよう。麻里が大人になってから、もう一度この部屋においで。そうしたら、きっとおじいちゃんの贈り物がわかるはずだよ。

そのときはいい加減に聞いてたのよ。あたしが大人になっても、おじいちゃんはこの家にいるものだって思ってたから。そしたら、いきなりでしょう。ぽかんとしちゃって、気づいたら開かずの金庫だけが遺ってたの」

先輩は気づいているのだろうか。祖父のことを話すとき、浦上先輩はどれほど明るく振る舞おうとしても、少しだけ声が静かになる。

遺されたメッセージのことを考える。いいものをあげよう。大人になってから、もう

一度この部屋に。僕は、床の間を設《しつら》えた和室を見まわしながら訊いた。

「この部屋って、この部屋のことですか」

先輩は首を横に振る。

「これから案内するけど、書斎のこと」

「金庫もそこに？」

「うん」

それならさっそく見に行こうと思ったけれど、ほとんど話を聞いてさえいないようだった松倉が、いきなり「質問です」と言った。顔も上げず、湯呑みを見つめたままで。

「いつだったかと言いましたが、思い出せませんか」

「え？　なに？」

「おじいさんがその言葉を遺した時期です。それと、失礼なんであんまり訊きたくなかったんですが、おじいさんがいつ亡くなったかも教えてください」

「ああ、それね」

そう頷くと、先輩はしばらく記憶を辿《たど》るようだった。

「ええと。話を聞いたのは一年生の夏だったから、二年近く前ね。おじいちゃんが亡くなったのは今年よ」

「わかりました。では、おばあさんは？」

「あたしの？　話してなかったっけ。あたしが生まれる前に、ね」

「……それと、もうひとつ」

やはり目は湯呑みに落としたまま、

「『大人になったらわかる』と言われたんですよね」

「うん」

先輩は、無理に笑うような顔をした。

「変な言い方でしょ？」

けれど松倉は、先輩を見ようとはしない。

「じゃあ、大人になるのを待てばいいんじゃないですか」

それは多分に挑発的だった。

けれど浦上先輩は激することなく、むしろひどく冷静になって答える。

「大人って言われてもね。それが二十歳になってお酒が飲めるようになることなのか、それともなにか抽象的な、精神的なものなのかわかんないし。あたし、こういう性格でしょう？」

一瞬だけ、自嘲気味な笑いがよぎる。

「精神的なことだったら、大人になるなんていつのことになるか。……それに、もしおじいちゃんが期待するような大人になれなかったら、金庫は永遠に開かないかもしれないってことじゃない。そんなの嫌よ」

「おじいさんのご遺志が、先輩が大人になるまでは金庫の中身を渡さないということだったとしても?」

「おじいちゃんはもう、あたしが大人になったかどうか判定できないのよ。あたしはいま見たいの。それでもし、その中身があたしにはまだ早いものだったら、また鍵をかけておけばいい」

どちらの言うことも、もっともだと思った。「大人になったらわかる」ことがわからないのなら、まだ先輩は金庫の中身にふさわしくないのだろう。けれど、もう亡くなってしまった人に縛られて、いつ来るか本当に来るかわからない時期を待ち続けるのはまっぴらだという気持ちも、わかる気がする。

僕は松倉をなだめる方にまわった。

「松倉、僕たちもまだ大人じゃないだろう。先輩には悪いけど、たぶん開かないよ。とにかく見てみるだけでもいいじゃないか」

反論されると思っていた。松倉は、顔も知らない浦上先輩の祖父に義理を立てているのだと思ったから。しかし松倉は僕の方を見ると、あっさり「それもそうだな」と引き下がった。

ほっとして、湯呑みに口をつける。それにしても、やっぱりこのお茶の味には馴染《なじ》みがある。

3

客間から書斎までは、建物をまわり込むように縁側を通っていく。雨戸が開いているので、庭がよく見えた。池があるけれど、水は深い色に淀《よど》んでいる。庭いじりは亡くなったおじいさんの役目だったのかもしれない。

全体的に和風に造られた浦上家の中で、書斎へのドアは開き戸だった。色の剝げかけた真鍮《しんちゅう》のノブが時代を感じさせ、ドアの重厚さにはいかにも私的な場所への入り口という風格があって、開けることが後ろめたい、そんな感じさえする。

浦上先輩はもちろんそんなためらいは見せず、あっさりドアを開けると、

「さ、入って」

と僕たちを招いた。

中には濃い赤紫の絨毯《じゅうたん》が敷かれていた。ドアだけでなく窓も洋風で、出窓には生地の厚そうなカーテンがかかっている。部屋の真ん中には安楽椅子が置かれていて、その椅子と壁際に寄せられた書き物机、そして壁の一面を占める書棚が同じダークブラウンで統一されていた。壁紙はモスグリーンで、総じて落ち着いた、部屋の主の好みが行き

届いた部屋だと思った。いまでも掃除がされているのか埃《ほこり》くささはないけれど、この時季に閉めきっていたせいか、じっとりと湿気がこもっている。

金庫は書き物机の横にあった。真っ黒で、取っ手は部屋のノブと同じく剝げた真鍮だ。ダイアル盤は僕の手の平ほども大きい。絶対の安心感を覚えるどっしりとした金庫だけれど、鍵が開かないとなればたしかになんとも歯がゆいだろう。

「大人になった浦上先輩がこの部屋に入れば、金庫は開くはずなんですね」

そう念を押す。先輩は頷いたけれど、松倉が横から言った。

「違う。『金庫が開くはず』じゃなく、『おじいさんからの贈り物がわかるはず』だ」

「……そうだったか?」

「そうだ。さっき、先輩はそう言った」

僕は思わず、先輩をまじまじと見てしまう。松倉に言われると、僕もそう聞いたような気がしてきた。とすると、先輩のおじいさんが遺した言葉は金庫の番号の手がかりを示しているとは限らなくなってくる。

痛いところを突かれたようで、先輩は苦い顔になった。

「ん。たしかに」

天井から絨毯まで隅々に視線を走らせながら、松倉が続ける。

「たとえばですが、贈り物というのは金庫の中身のことではなく、安楽椅子のことかもしれません。この安楽椅子は北欧から輸入したヴィンテージ家具で、ものすごく座り心地がいいけれど真価は大人にしかわからない、とか」

　改めて見れば、安楽椅子の背もたれはいかにも優美だ。椅子はものの喩《たと》えで言っているとわかっていても、妙な説得力があった。

　先輩はもどかしそうで、地団駄さえ踏み出しかねないほどだ。

「でも、そんな、そんなわけないでしょ！　じゃあ『贈り物』とは関係ないぜんぜん別の理由で、たまたま運悪く金庫の番号もわからなくなったってこと？　そんな偶然あるわけない！」

「『どんなことでも起こる』って、先輩が言ったんですよ」

　飄々《ひょうひょう》と松倉は言う。が、金庫を軽く撫でると、

「まあ、俺も金庫のことだとは思いますけど」

と付け加えた。先輩がどんな顔をしているか見るのが怖くて、僕は金庫に向かってしゃがみ込んだ。

　ダイアルには、0から十刻みで90までの数字が刻まれていた。隣にしゃがんできた松倉に、僕は見た通りのことを言う。

「数字は百通り、と」

　一方、松倉はじっと金庫を見つめていたかと思うと、難しいことを呟いた。

「三枚座か四枚座だな」

「なんだそれ」

「ふつうの金庫」

どうやら松倉も見た通りのことを言ったらしい。僕がちょっとあきれたのに気づいたのか、にやりと笑って付け加える。

「三枚座の場合、知るべき数字は三つだ。四枚座なら四つ」

「なるほど」

しゃがんだまま小声で話すので、声はたぶん先輩には聞こえていない。松倉はどうにもこの仕事が気に入らないらしいけれど、僕はあえて普段のように訊く。

「で、どう思う」

ここまで来ると、松倉も愚痴は言わなかった。

「『大人になったらわかるもの』を探すべきだな」

「それ、僕たちにわかるのか」

松倉が人の悪い笑みを浮かべる。

「さあ。もしかしたらこの世には、大人にしか見えない塗料があるのかもな。もしそうならお手上げだ」

「すげえな」

「大人になったら、それが日本中に塗りたくられてるのがわかるんだよ」

「すげえな」

「教科書を読み返すと、その塗料で書かれた別の文字が浮かび上がってくる。『……と言われているがそうでもないと気づいても、口にはしない方が無難』」

「すげえな。真面目にやろうぜ」

「情報があるところを探すべきだ」

いきなり話を変えられて、不覚にもついていけなかった。

「え？　なんだって？」

「情報だよ」

金庫のダイアルをじっと見ながら、松倉は言う。

「情報ってのは『差』だ。真っ白な紙にはなんの情報もない。完全に規則正しく黒い点を打っても、やっぱり情報にならない。ある場所には多く、ある場所には少なく点を打って初めて、それは情報になる」

なるほど。つまりどういうことかというと、

「……点のほかに線も書くと、トン、ツーになる。モールス信号だ」

「その通り」

頷いた松倉からは仏頂面が消えていた。まわりくどい喩えが一度で理解されて、悪い

気がしないのだろう。

調子に乗って、さらに応用してみる。

「すると、この金庫は真っ黒だから情報はない」

「大人にしか見えない塗料が……」

「それはもういい。床にも、天井にも、壁にもない」

「あるかもしれない」

「もういいって言ったろ」

ところが松倉はかぶりを振った。

「いや、よく調べればなにかあるかもしれない。壁に画鋲《がびょう》跡が並んでるとか、絨毯を剝がすと実は文字が、とか」

けれどそれは、論理的に言えばの話である。松倉自身も、実際にそうかもしれないとは思ってもいないだろう。なぜなら、

「贈り物は『部屋に入ったらわかる』ってことになってた」

松倉は再び、満足そうに頷いた。

「そうだ。だから、どこかにものすごく小さく書かれてるとか、念入りに隠されてるとかじゃない」

「ただ……」

僕はしゃがんだまま、浦上先輩を振り返る。

「先輩。おじいさんが亡くなってから、この部屋のものをなにか動かしたりとか、運び出したりとかしましたか？」

手持ち無沙汰なのか、先輩は髪をいじっていた。その手を止めず、

「ううん、なにも。この部屋はおじいちゃん専用なの」

なら、得るべき情報はまだ残っているはずだ。

金庫はのっぺりと黒く、家具はダークブラウン一色だ。安楽椅子の背もたれには精巧な細工で蔓《つる》植物が彫り込まれているけれど、そこになにか意味のあるパターンを見出《みいだ》すことはできなかった。

となるともう、見るべき場所は一ヶ所しか残っていない。

この部屋でもっとも目立つ存在、書棚のことだ。

書棚は壁一面を占め、高さも二メートル弱はある。六段に分かれた棚にはぎっしりと、一冊分の隙間もなく本が詰められている。

情報がある場所を探せと松倉は言った。それはもちろん、書棚を見るべきという意味だったに違いない。はっきりそう言わなかった理由もわかる。……本が多すぎて、出来れば後まわしにしたかったのだ。

さっきまでのお喋《しゃべ》りも、完全に無駄話というわけではない。得るべき情報がものすご

く小さく書かれてるとか、念入りに隠されてるという可能性を排除する役には立った。つまり、この何百冊かの本のどれかランダムな一冊にメモが挟み込んである……なんてことはない。片っ端から一ページ一ページ探すようなことはしなくてもいいはずだ。たぶん。

ひとつ思いつく。

「松倉。本を探そう」

「どんな?」

「題名は、『大人になったら読む本』」

力の抜けた笑いが返ってきた。

「馬鹿なこと考えつくなあ」

そうして僕たちは、書棚の本を端から見ていった。

最上段には和歌の本が並んでいた。万葉集や古今和歌集、それらの解説書などがずらりと並んでいる。

二段目には、地元の歴史の本がまとめられている。背表紙に墨字で『北八王子《きたはちおうじ》市通史』と書かれた、箱入り全三巻のものが特に目立つ。大事に扱われたのか、それとも一度も読んだことがないのか。箱はきれいで傷も歪《ゆが》みもぜんぜんない。

三段目と四段目には小説が並んでいる。全集ばかりで、これも箱に入っている。司馬《しば》遼太郎《りょうたろう》全集、山本周五郎《やまもとしゅうごろう》全集、子母澤寛《しもざわかん》全集、海音寺潮五郎《かいおんじちょうごろう》全集と来れば、浦上先輩の亡くなったおじいさんがどういう趣味の人であったか、わかりすぎて後ろめたくなるほどよくわかる。ただ、棚の全部がそれで埋まっているわけではなく、雑多な本をまとめた一角もあった。

五段目には辞書や事典類が入っていた。国語辞典はもちろん、英和辞典、和英辞典、植物事典などのほか、季語辞典や歴史用語事典というのもある。

一通り見て、僕はおどけた。

「『大人になったら読む本』は、ないみたいだ。おかしいな」

「内心、あると思ってただろ」

「思ってた」

「実は俺も」

共犯者めいた笑いを交わす。浦上先輩があきれたようになにか呟いたけれど、なにを言ったのかはわからない。

そして松倉は、ふと真顔に戻った。

「なあ。これ、どう思う」

指さしているのは本棚の三段目。小説ばかりが並ぶ中で、その他の本がまとめて挿してある場所だ。たしかに、僕も少し気になっていた。

「棚に棚を入れてあるんだよな」

「だと思う」

　ダークブラウンの書棚に、ベージュの棚が入れ込んである。棚というより、箱と呼ぶべきかもしれない。単にブックエンドの代わりだとも思えるけれど。

「この中だけ変じゃないか？」

　変というよりも、

「雰囲気が違うな」

　箱の中には実用書が入っていた。小説の全集に挟まれて『はやわかり商法』や『日本の観光・世界の観光　「旅行代理店」を超えて』、『放牧の今日』が並んでいるのは、たしかに少し浮いて見える。派手な色遣いの背表紙ばかりで、茶色やベージュが多い書棚の中で一ヶ所だけカラフルだ。

「雰囲気もそうだが……」

　松倉はしきりに首をひねる。

「本棚を見れば持ち主のことがわかるそうだ」

「ありそうな話だな」

　じっと書棚を見ながら、松倉は独り言のように言う。

「先輩のおじいさんは、和歌と地域史と時代小説に興味があった。それはわかる。……

そういう人の本棚に、いきなり『確率論概説』が並ぶか?」

　そして、先輩を振り返って訊いた。

「先輩。もう一度訊きますけど、この部屋のものは、なにも触っていないんですよね」

「うん」

「じゃあ、この本棚も、ずっとこのままだったんですね」

　先輩は少しためらい、自信がなさそうに頷く。

「だと思う。出し入れする理由もないし」

「そうですか……」

　あごに手を当て、松倉は唸《うな》った。この箱にこだわる理由はわかる。よく片づいたこの部屋の中で、この箱とその中身は異質であり、目を惹く。まさに松倉が言う情報というやつだ。松倉が黙り込んでいるのを横目に見ながら、先輩は僕に言った。

「あのさ。関係ないかもしれないけど、あれ、おじいちゃんの本じゃないと思うよ」

「そうなんですか」

「うん。なんか『要返却』って書いた付箋が貼ってあったし」

　松倉が顔を上げる。

「付箋?　どこにありますか」

「ええと……。どこかいっちゃった」

さっきまで、この部屋のものはなにも触っていないと言っていたのに。僕はあきれたし、松倉もあからさまに嫌そうな顔をする。僕たちの反応が癇《かん》に障《さわ》ったのか、先輩は眉を吊り上げた。

「仕方ないでしょ、あたしたちだって手がかりがないか、いろいろ探したんだから。付箋の一枚ぐらいなくなるわよ。内容憶えてたんだから問題ないでしょ」

松倉は、冷めた声で言った。

「そうですね。問題はないです。ほかになくなったものがなければね」

今日の松倉は、やはりどうもおかしい。もっとほかに言い方があるだろうに、わざと浦上先輩を怒らせようとしているようだ。横で聞いていただけの僕にわかったのだから、先輩にもわかったはずだ。先輩の口が開きかける。

浦上先輩に我慢強い人というイメージはない。むしろ、図書委員としての最低限の仕事があるときでも、遊びたければ遊ぶし帰りたければ帰る奔放な人だと思っていた。けれどいま、先輩は言いかけた言葉を呑み込み、気持ちを落ち着けようとするように小さく溜め息をついた。

「……わかった。いまは思い出せないけど、思い出したら言うから」

松倉は拍子抜けしたように、

「お願いします」

とだけ言った。

閉まっている出窓からじっとりと染み込んでくる熱気にごまかされていたある欲求に、僕はふと気づいた。

「あの、先輩」

「今度はなに？」

「いえ、あの」

仕方がないことだけれど、少し照れる。

「すみません、手洗い貸してもらえますか」

先輩は顔をしかめた。

「いま？」

やはり、松倉の態度にいらだっていないわけではなかったようで、先輩のその言葉には棘《とげ》が生えていた。気持ちがさっと冷えるのを感じたけれど、先輩はすぐ、自分の言い方を恥じるようにはにかんでみせた。

「ああ、ごめん。案内するね」

先輩はちらりと松倉に目をやった。松倉はあごに手を当て考え込んだまま、こちらを見もしない。

「こっちよ」

先輩が先に立ち、僕は書斎を出る。

トイレに行く途中、さっきお茶をいただいた客間の前を通る。障子越しに先輩が、

「お願い」

と声を掛けた。

いくら大きな家と言っても、城のように大きいわけではない。トイレぐらい行き方を教えてくれれば行けたと思うのだけど、先輩はちらちら振り返って僕がついてきているか確かめながら、ずっと案内してくれた。

家の中は静かだった。廊下は砂壁で、天井の際に蜘蛛《くも》の巣が張っている。木張りの床はところどころで軋《きし》みを上げるし、真っ昼間なのに薄暗く、初夏なのに薄ら寒いような気さえする。さっき書斎にいたときはそんなことを思わなかったのに。

トイレまでは、たしかに少し入り組んでいた。そこだけ真新しいスライドドアの前で立ち止まり、先輩は素っ気なく指をさす。

「ここ」

ドアの新しさで察しがついたけれど、トイレは改築されていた。煌々《こうこう》と照らすＬＥＤ電球の下、洋式便器で用を足しながら、僕はさっきの書棚のことを考える。あの書斎で気になるのは、どっしりとした金庫と、壁一面を埋めつくす書棚だ。金庫にはなにも怪

しいところは見つからなかった。とするとやはり、鍵は書棚の方にあるのではないか。中でも、あの書棚の中の書棚とでも呼ぶべき「箱」に。

　ところで落ち着いて考えてみると、僕たちはなにを探していたのだろう。大人になったらわかるだとか情報を探すべきだとか、いろんな話を聞いたけれど、つまるところ求めているのは金庫の番号だ。三枚座か四枚座と言った松倉の言葉が正しければ、必要な数字は三つか四つということになる。

「……ひょっとして、だなあ」

　独り言を呟く。

　用を足し終えて手を洗い、迷わず書斎に戻れるかなと思いながらトイレを出る。

　浦上先輩が立っていた。

　思わず声が出た。トイレに案内してくれるのはともかく、まさか終わるまで待ってくれているだなんて。なにか冗談でも言われるかと思ったけれど、先輩は「じゃ、戻るわよ」とだけ言って、すぐに背を向けて歩き出す。ちょっと力が抜けた。

　先導されて書斎まで戻ってくると、松倉のほかにもう一人いた。

　クリーム色のシャツを着た年配の女性で、顔立ちはとても似ているというほどではなかったけれど、すぐに先輩の母親だとわかった。松倉と打ち解けて話をしていたというわけではないらしく書斎には気まずい雰囲気が満ちていて、部屋に戻ってきた僕たちを見て、松倉ははっきり、安堵を顔に出す。

「あれ、お母さん？　お姉ちゃんはどうしたの」

先輩が訊く。

「電話中だったの」

それだけ言うと、僕たちにあからさまな愛想笑いをして、

「お邪魔したわね」

と書斎を出て行く。松倉は小さく会釈してそれを見送り、僕に向かって小首を傾げて見せる。なにをしに来たんだろうな、とでも言いたいのだろう。それも気になるところではあるけれど、僕には早く言いたいことがあった。

「なあ松倉。ちょっと思いついたんだけど」

「おう」

「その箱の本は、『要返却』なんだろ。どこに返すんだろうな」

「そりゃあ……。借りた相手にだろう」

言いながら、松倉の声は尻すぼみに小さくなっていく。この書棚の持ち主が『確率論概説』を読むというのはピンと来ない。同じように、それを借りるのも妙だと気づいたのだろう。棚から『確率論概説』を取り出し、僕は言う。

「もしかしたら。もしかしたらなんだが……。４１７に、ってことはないかな」

「４１７？」

松倉は、なにを言っているんだとばかりに眉をひそめたが、しかしそれは僅かな間のことだった。目を見開いたかと思うと、

「ああ！」

と声を出す。

「それか」

「どう思う」

「ありえる……。いや、いけるんじゃないか？　すごいな堀川、どうして思いついた」

昂奮《こうふん》気味のやりとりに、浦上先輩もすぐに入ってくる。

「なになに、どうしたの？　なにかわかった？」

僕は振り返った。たぶん、顔はにやけていたと思う。

「はい。もしかしたらなんですけど、これは……」

けれど、言えたのはそこまでだった。

「まだわかりません」

と、松倉が僕を遮ったからだ。

「堀川がいいことに気づきましたが、まだちょっと。なあ堀川、さすがに、調べ物が必要なんじゃないか？」

「まあ、それはそうだけど」

「ここからなら駅前の図書館まで十分ぐらいだろう。答えを出してから戻って来よう」

先輩は至って不満げだ。

「え、どうしていま教えてくれないの？」

僕は、松倉から皮肉な態度がすっかり消えているのに気づいた。彼はいかにも愉快そうな笑顔で、こう言ってのけた。

「そりゃあ……。楽しみは、あとにとっておいた方がいいからに決まってるじゃないですか」

4

浦上先輩の家は、道幅が狭い住宅街にある。日曜の午後、まだ遅い時間でもないのに、街路には人の姿が絶えていた。

「それにしても」

ポケットに手を入れて歩きながら、松倉がそう切り出した。

「あんなもの、よく憶えてるな」

「数学の本なら図書室にもあるからな」

少し会話が途切れる。

吹いていく初夏の風にはまだ涼しさがあり、家々を囲うブロック塀の向こうで紫陽花《あじさい》が花開き始めているのが見える。あたりは静かだった。

ただ、僕にはまだわからないことがあった。『確率論概説』が示す番号は４１７だけれど、金庫のダイアルは０から99のあいだでまわす。

「金庫の番号は二桁だろ。41だけでいいのかもしれないな」

そう言うと、松倉はにやりと笑った。

「いや、三桁必要だ。金庫を開けるときは、『ダイアルをぐるぐるまわして41を６回通過させ、７回目に41で止める』ってやり方をする」

「へえ。知らなかった」

「右廻《まわ》しか左廻しかも重要な要素になる」

「なるほど。どっちかな」

「これを見てみろ。本棚に並んでいた順だ」

松倉はポケットから小さな紙切れを出した。そこには、松倉らしい几帳面《きちょうめん》な字で本のデータが書かれていた。


内山和典『日本の観光・世界の観光　「旅行代理店」を超えて』

佐藤俊夫『確率論概説』
浮田夏子『はやわかり商法』
狭川信『放牧の今日』

なるほど。

「四冊だから、四枚座か。これでまわす方向もわかったわけだ。本が並んでいた順にまわせばいいのかな」

「だと思う。先輩たちがひっかきまわして、本の順番を入れ替えてなければ」

その言い方には、やっぱり棘があった。

松倉とは今年の四月に知り合ったばかりで、まだこいつのことをよく知っているとは言えないけれど、今日の松倉はやはり少しおかしい。最初は、解けるかどうかもわからない暗号に挑まされるのがどうしても気に入らないのかと思っていた。ところが解法が見えたいまも、松倉はなにか含むものがある態度を崩さない。

僕は訊いた。

「なあ。どうして、先輩に教えちゃいけなかったんだ」

松倉は少し目を上げる。

「なんだ。気づいてたのか」

「そりゃあ、なあ」

こうして僕を外に連れ出したのは、僕が暗号の解法を口にしそうだったからで、松倉はそれを邪魔したのだ。それはわかる。でも、どうしてなのかはわからない。

松倉は、ぼんやりと上を見上げた。綿雲がぽかりと浮いた空だった。

「どこかで落ち着いて話したかったが……。まあ、いいか」

「やっぱりなにか言いたいことがあったんだな。あの場で言えばよかったのに」

そう言いつつ、僕は松倉がいままで黙っていた理由もわかっていた。浦上先輩には聞かれたくなかったのだろう。松倉は僕の方を見なかった。横顔に表情はなく、やがて口を開いても、その話し方はどこまでも淡々としていた。

「なあ堀川。浦上先輩は、どうして俺たちに頼んだのかわかるか」

「本人が言ってただろ。前に『黒手組』の暗号を解くのを見たから」

「そう言ってたな。じゃあ訊き方を変えよう。どうして、鍵屋に頼まなかったのか」

「鍵屋？」

「花火じゃないぞ。鍵の解錠を専門にする業者の話だ。車の鍵を車内に残したままドアをロックしたり、旅先に家の鍵を忘れたりしたとき、電話すると鍵を開けに来てくれる。……番号を忘れた金庫も開けてくれる」

まるで経験があるように話す。そういう業者の存在はいままで考えもしなかったけれ

ど、言われてみれば、いて当たり前だ。ただ、

「先輩も、そんな業者がいるって気づかなかったのかもしれない」

「浦上先輩は俺たちと同じ高校生だ。たしかに鍵開け業者のことは知らないかもしれない。でも、さっき先輩のお姉さんがお茶を出してくれたな。お前がトイレに行ってるあいだに、先輩の母親も様子を見に来た。あの人たちも、俺たちがなにを頼まれたか知っている。家族ぐるみなんだ。それで誰も『業者に頼もう』と思わなかったのか」

僕は口ごもる。

「それは……。お金がかかるだろう。もし僕たちが開けられれば、タダで済む」

「もしそう考えたのなら、愉快じゃないな。でもまあ、それはいいとしよう」

少し言葉が途切れる。けれど、松倉の疑問は終わっていない。

「トイレと言えば、先輩がついていったな。一緒に戻ってきた所を見ると、終わるまで待っていたんだろう。どうしてだ？　お前はトイレから一人で戻れないほど頼りなく見られたのか」

「親切心じゃないか」

「なるほど。じゃあ、お前たちと入れ違いに母親が来たのはどうしてだ。あのとき先輩は、たしか『お姉ちゃんはどうしたの』と言った。つまり本来なら先輩の姉が来るはずで、その手筈《てはず》をあらかじめ決めていたってことだ。どうしてそんなことを決める必要が

あったんだ」

「そりゃあ……」

少し考え、なんとか答えを捻り出そうとする。

「……書斎には金庫があるんだ。いくら後輩でも、一人きりにして持ち逃げされたらたまらないと思ったんだろう」

松倉は即座に反論してくる。

「それも愉快じゃないな。ただ、それ以前におかしい。もし書斎を俺たちだけにしたくないなら、お前がトイレから出てくるまで先輩が待っていたのはなぜだ。金庫を守りたいなら、見張るべきは俺だけでいいんじゃないのか」

さらに畳みかけてくる。

「そして、あの箱の中身だ。死んだじいさんは『大人になったらわかる』と言ったそうだ。お前が思いついた解法は見事だ。たぶんあれで間違いないと思う。……ただ、あれは『大人になったらわかる』ものだと思うか。お前はどうして、４１７なんて数字を知ってたんだ。大人だからか」

もちろん松倉は、その理由を知っていて訊いてきている。

「いや。僕が図書委員だから」

「そうだ。はっきり言うが、俺のお袋は大人だが４１７どころか９１３も知らないだろう。ということは、じいさんのセリフは『大人になったらわかる』だけじゃ不充分だ。とすると……？」

梔子《くちなし》の香りが流れてくる。湿気《しけ》った暑さの中に、一瞬、いい風が吹いた。

松倉の横顔には、あいかわらずなんの表情もない。こいつが僕と同じ高校二年生であることが、ふと、とても不自然だという気がした。僕はこの日曜日を、なんとか他愛ない一日に引き戻したかった。無邪気な先輩に誘われて友達と遊んだ一日にしたかったのだ。それで、ほとんど無意味だと思いつつも、こう言わずにはいられなかった。

「考え過ぎじゃないのか」

当然、松倉は一言でそれを退ける。

「そう思うか？」

思わない。

松倉は足を止め、僕の方を見もせずに、足元に目を落として呟くように言う。

「この話は、もともと愉快な冗談だった。おじいちゃんが可愛《かわい》い孫にしかけたお遊びだ。だけどいまは違う。もうお子様向きの冗談は終わっていて、もっとろくでもない、欲得ずくの話になってるよ。堀川、あの家ではなにかが起きてる。やっぱり俺たちは、他人の金庫なんかに関わるべきじゃなかった」

「だから、先輩に教えるのを邪魔したのか」

「そうだ」

僕は浦上先輩の顔を思い出す。いつも楽しそうに、ときどき悪戯っぽく笑う顔を。欲得ずく……。そうだろうか？

「欲得ずくだと思うんなら、どうして引き受けたんだ。日曜日にわざわざ出かけなくても、断ればよかったじゃないか」

噛み殺しきれない苦笑が洩《も》れ出るように、松倉は笑った。

「そういうわけにも、なあ。……お前、浦上先輩のことが好きだろう」

「いや」

「あの先輩はそれを知ってる。知ってるから、お前なら言うことを聞くだろうと思ったんだ。横から見てれば一目瞭然だよ、堀川」

好きというほどではない。僕には持ち得ない華やかさと明るさに、少し憧れていただけだ。

「友達が悪い女に騙《だま》されようとしてるんだ。なんとかしてやりたいと思うじゃないか」

なにか言い返そうと思った。それは違うと言ってやりたかった。けれど、なにも思いつかない。浦上先輩は悪い女じゃないと弁護すればよかったのだろうか？

結局、僕が言ったのは、

「……あの家でなにかが起きてる、と言ったな」

ということだった。

「ああ」

「それはなんだ？」

ひょいと視線を逸《そ》らされた。ごまかしたのかと思ったけれど、そうではなかった。松倉は街角の自動販売機を見ているのだ。

「ああ、ちょうどいい」

急ぐでもなく自販機に近づいて小銭を取り出す。ガタンゴトンと音を立てて落ちてきたペットボトルを、松倉は僕に投げて寄越《よこ》す。

「ほら」

よく冷えている爽健美茶だった。

「……なんだよ」

「飲んでみろよ」

「なんでだよ」

「いいから、さあ」

なにがなんだかわからないが、飲めと言われたので素直に飲む。馴染みのある味だ。どうということもない。……そう思ったのだけれど。

突然、舌が痺《しび》れるような感じがした。飲み物になにか入っていたのではない。驚きが舌の先まで走ったのだ。

「これ。あれだよな」

手の中のペットボトルを見つめ、「どういうことだ？」と呟いた。そんな僕の背中を、松倉がぽんと叩《たた》いた。

「話したいことがある。歩きながらでいいから聞いてくれ。最後までやるぞ」

5

一時間後、僕は浦上家に戻って来た。「浦上」と表札が出ている玄関で「ごめんください」と告げると、先輩が待ち構えていたように飛び出してくる。

「あ、おかえり。帰っちゃったかと思った」

屈託のない、人を引き込むような笑顔だ。浦上先輩は欲得のため僕たちを利用しているのだ、と松倉は言う。けれどこの笑顔を目の当たりにした瞬間、松倉は間違っているという気になる。先輩は首を傾げた。

「ひとり？　詩門くんは？」

「帰りました」

ふうん、と呟いて、

「まあ、なにか気に入らないことがあったみたいだしね。いいよ、堀川くんがいれば開けてくれそうだし」

もう一度、にっこりと笑ってくれる。

浦上家に戻るに当たって、松倉は僕にいくつもの忠告をした。それを思い出す。

(「浦上先輩は、自分の笑顔が魅力的なことを知っている。媚《こ》びに見えないように媚びを売るのが上手い。気をつけろ」)

それともうひとつ。僕は玄関のたたきに目を落とす。

(「戻ったら玄関の靴の数を数えろ。俺たちが入ったときも、出ていくときも靴は三足だった。増えたり減ったりしていたら、それなりに工夫がいる」)

パンプスとスニーカーとサンダル。たしかに三足だ。

引き返すならいまのうち、まだ間に合う。そうは思うけれど乗りかかった船で、僕は松倉を信じることに決めていた。招かれるままに家に上がり込む。

「なにかわかったんでしょ。今度こそ聞かせてよね」

と言いながら、先輩は先に立って僕を書斎へと連れて行く。松倉はこうも言っていた。

(「先輩はお前を真っ直《ます》ぐ書斎に通そうとするはずだ。そこは無理に逆らわなくていい」)

日が射《さ》す縁側を通り、真鍮のドアノブが印象的な書斎へ。中に入ると、僕は先輩に質問させる隙を与えず、ひどく深刻そうに言った。

「先輩。実はいま、外で暗号を解いてきたんです」

「え？　解けたの？　すごい！」

胸の前で手の平を打ち合わせ、先輩は顔いっぱいに喜びを浮かべた。ほだされそうになる気持ちをぐっと抑える。

「それが、金庫の番号を出すはずが、ちょっとどう考えていいのかわからないメッセージになってしまって。いま、ご家族の方もいるんですよね。重大なことなんで、全員の前でお話しした方がいいと思うんですけど」

「え……」

先輩の表情が一気に曇る。

「メッセージって、どんな」

「いえ、偶然なのかもしれないですけど。なんというか」

言葉を切る。見るともなしに、反応を窺《うかが》う。

「おじいさんはもしかして、誰かに狙われていたんじゃないかと思うんです。心あたりがないか、ご家族に訊いてもらった方が」

ほんの一瞬のことだったけれど、僕はたしかに、先輩の目があてもなく泳ぐのを見た。

それだけでなにもかも断罪するつもりはない。けれど、「亡くなったおじいさんの謎かけを解く」という気楽な日曜日が決定的に変質したのは、この瞬間だったのではと思う。ずいぶん長い間ためらっていたけれど、最後には先輩も、家族を呼ぶことに同意してくれた。


浦上先輩。先輩の姉。そして母親。

三足の靴の主が書斎に揃《そろ》う。父親がいないのはなぜだろう。靴を隠してこの家に潜んでいる、などということでなければいいのだけれど。

「さあ、呼んできたわよ。聞かせて」

先輩は、甘い声で言った。

日が少し傾いて、書斎に射し込む光は心なしか弱い。三人並んだ浦上家の人々は、浦上先輩の姉も、母親も、先輩自身もみな一様ににこやかで、「なにを言っても優しく受け止めてあげるから、話してごらん」と言われているようだ。本当に、この人たちを疑っていいのだろうか。後ろめたさに腹の底が冷える。

けれど既に事態は動き出していて、いまさらなんでもありませんと言うことはできない。先輩たちと目が合うと気持ちが萎《な》えそうになるので、僕は少しうつむき気味に、話し始めた。

「わざわざすみません。どうしても聞いて欲しいことがあって」

まず書棚に近づく。「箱」の中に入った四冊の本を手に取り、ダークブラウンの書き物机に積む。机に片手を置いて、先輩たちに向き直る。

「この部屋の中でなにかメッセージが隠されていそうな場所は書棚だけで、中でも、棚の中に入れられた箱は意味深でした。それで、じっくり見ているうちに、この本が数字に変換できることに気づいたんです」

言葉を切って先輩たちの反応を窺う。「どうやって？」とか、なにか訊かれるような話し方をしたつもりだった。しかし先輩たちは微笑《ほほえ》みを崩さず、誰も口を開かない。

僕は言った。

「本の分類記号です」

さすがに浦上先輩が反応する。訝《いぶか》しそうに眉をひそめている。

「本の分類記号って、背ラベルに書いてある数字のこと？」

「そうです」

松倉の言葉を思い出す。

(「浦上先輩は図書委員だった。ただ、俺はあの人がまともに作業してるところを見たことがない。たぶん分類記号はまるで憶えてない。ただ……。もし憶えていそうだったら、アドリブでなんとかしてもらうしかない」)

くちびるを舐《な》める。

9 1 3

「僕は図書委員をやっています。図書室では本を分類するとき、分類記号という数字を使います。先輩からこの箱に『要返却』という付箋がついていたと聞いて、図書室の返却箱を連想しました。図書室では、その数字を見ながら本を元の書架に戻すんです。金庫を開ける数字を探しているとき、分類記号という数字を思い出せたのは幸運でした」

「じゃあ、その四冊の分類記号が……」

「はい。金庫の番号じゃないかと思いました」

そして、

「最初は」

と付け加える。

先輩の口元は緩みかけたけれど、眉はきゅっと寄った。解法を聞いた喜びと、僕の保留への疑いがないまぜになっているように。

「最初は？　どうして。この本棚は、あたしも怪しいって思ってたの。数字に変換できるなら、もうそれは正解だと思うけど」

「それだけなら、ご家族にまで来てもらう必要はないんです」

ポケットから、さっき駅前で買ったメモ帳を出す。

「分類記号を調べて数字に置き換えたあと、その数字を五十音にしてみました」

「数字を五十音にって、どういうこと」

「つまりですね。本棚に並んでいた順番に解読すると」

ここからが一番の綱渡りだ。下腹に力を入れる。

「『日本の観光・世界の観光』は、社会科学の本です。社会科学の番号は４。社会科学の中でも産業に分類されるので、二桁目は１。観光事業関連なので、三桁目は３。この本の分類記号は４１３です。

次の『確率論概説』は、自然科学の３、数学の２、確率論の４で、３２４。

『はやわかり商法』は、社会科学の４、法律の４、商法の２。

最後の『放牧の今日』は、自然科学の３、動物学の９、畜産動物の４です」

気をつけてはいるつもりなのだけれど、どうしても少し早口になってしまう。息苦しい。深呼吸したい。こらえて、平然とした顔と声を作る。

「番号を並べると、４１３・３２４・４４２・３９４です。これをカナにします」

「待って」

そう言ったのは、先輩のお姉さんだった。

「金庫の番号を探してくれてたんでしょ？　数字が出てきたのに、どうしてそれをわざわざ五十音にしようとしたの」

もっともだ。松倉はなんと言っていただろう。

（「どうして五十音にしたのかと訊かれたら、俺が面白半分に始めたことにしろ。俺はその場にいないんだ。いないやつの責任にすれば、たいていのことはなんとかなる」）

「松倉が……友達が、前にこういう暗号見たよなって言いながら面白半分に始めたんです。馬鹿なことをするなあと思いながら見ていたんですが、出てきた文章は、あまりに異常でした」

先輩のお姉さんは釈然としないようだったけれど、浦上先輩が、

「その文章って？」

と話の先を急がせてくれたので助かった。書き物机にメモ帳を置いて、ボールペンを出す。

「これを見てください」

先輩たちが机のまわりに近寄ってくる。メモ帳には、あらかじめさっきの数字を並べて書き込んでおいた。

「いいですか。分類記号は三桁ですが、カナにするときは二つずつ使います。まず最初の４１。これを五十音の四行目、つまりタ行の一段目と読みました。一文字目は『タ』です」

「あ。そのやり方、知ってる」

先輩のお姉さんが身を乗り出してくる。

「ええと、そうなると、二文字目は３３。アカサタナで、サ行の三文字目。『ス』ね。

次は……『ケ』」

声の最後がしぼんでいく。僕がそのあとを引き取る。

「四文字目は『テ』。五文字目は『ク』。最後は『レ』。『タスケテクレ』という言葉になりました。これをただの偶然と考えていいのか、それともおじいさんになにか危険があったのか。ご相談したくて僕は……」

言いながら、顔を上げる。

ぞくりとした感覚が体中に広がった。

さっきまでにこやかで、あたたかみさえ感じていた三人の表情が一変していた。先輩の姉はまったくの無表情。母親は狼狽《ろうばい》もあらわに、ドアの方を振り返っている。

そして浦上先輩は、どんよりと暗い目で僕を睨《にら》んでいた。口元はひきつり、手はなにかをつかもうとするように中途半端に前に突き出している。これが同じ人なのだろうか。僕の知る先輩は、どんなときでも目元に明るさがあった。周りを巻き込んで楽しくさせる人だった。それがいま、先輩に感じるのは恐ろしさだけ。

誰が発したものだろうか。舌打ちの音が聞こえた気がする。

「あの……」

沈黙に耐えかねてそう言いかけたとき、サイレンが耳に届いた。

音はみるみる近づいたかと思うと間近で止まり、すぐに玄関の方から力強い声が聞こえてくる。

「救急です！　患者はどこですか！」

全身から力が抜けた。膝がふるえ、そのまま床にへたりこんでしまうかと思った。

6

帰り道、僕は松倉と歩いた。夕暮れ時だった。

「生きてたんだな」

僕が言うと、松倉は力なく頷いた。

「ああ」

松倉が疑っていたのは、あの家は浦上先輩の家ではないのでは、ということだった。日本十進分類法を調べるために行った駅前の図書館で、松倉は、誰が聞いているわけでもないのに声を殺して話してくれた。

「『大人になったらわかる』と言われた数字が分類記号だったとなれば、交わされた会話には想像がつく。『わたしは大人になったら司書、あるいは少なくとも図書館職員になる』。それを受けて初めて、『そうか。それなら、この部屋に残された番号は、大人になったらわかる』という言葉が出てくる。ところが浦上先輩はその後半部分しか言わなかった。なぜか？

それは、この会話をしたのが先輩自身じゃないからだ。先輩は人づてに、おそらくじいさんとその話をした当人から、後半部分だけを聞いた。わかるか？　じいさんが金庫の中身を渡そうとしたのは、浦上麻里先輩じゃない。別人なんだよ。たぶん、別の孫だろう。浦上先輩と金庫の話ができるぐらいに仲がよく、そして実際にじいさんに可愛がられていた、別の人間だ。

　こう考えれば、どうして解錠を専門業者に頼まなかったのかも見えてくる。業者は『これはあなたの金庫ですか』と訊くだろう。証明となるものも求めるかもしれない。金さえ払えば他人の鍵でも開けるなんて仕事、合法的に成り立つはずがないからな。その場はごまかせても記録は残る。先輩……いや先輩たちにとって、それは都合が悪かった。だから、扱いやすい子供である俺たちに目を付けたんだ。俺たちが金庫を開けられれば万々歳、開けられなくても損はない。

　つまり、先輩たちは金庫の中身を、本来それを託された人間から横取りしようとしている。となると、なぜ先輩がお前がトイレから出てくるまで待ってたのか、先輩とお前が出ていったあとすぐに母親が書斎に来たのかもわかる。どちらも俺たちを見張っていたんだ。金庫は開けさせたい、でも、家の中をふらふらされては絶対に困る。困る理由はなんだ？

　あの家は浦上先輩たちの家じゃない。表札には浦上と出ていたから、じいさんの家ではあるんだろう。先輩たちも何度か上がったことはあるはずだ。だが、先輩たちはあの家に住んではいない。となれば見られて都合の悪いものにも想像がつく。あの家の本当の住人は別にいることを強く示唆するなにか……たぶん、住人自身だ」）


　僕は松倉の言葉を妄想だと否定することができなかった。先輩の姉が振る舞ってくれた茶の味が、どうしても引っかかったからだ。

　憶えがあるはずで、あれは、爽健美茶の味だった。

　先輩たちがあの家に住んでいるのなら、どうして爽健美茶を沸かして急須で持って来る必要があるのか。それしかないのならそのまま湯呑みに注いで持って来ればいいし、ペットボトルごと出してもよかった。そうしなかったのは、台所のどこに茶葉があるのかも把握していないのに、茶ぐらいは当然出せることをアピールするためだったのだろう。家の住人なら、それぐらいは出来るだろうから。

　けれどひとつ、どうしても納得できないことがある。すべてが嘘《うそ》だというにはあまりにも、

「おじいさんの話をするとき、先輩はさみしそうだった」

だが松倉は、むしろそんな僕に驚いたようだ。

「演技だよ。かなりクサかったぞ」

僕は言葉を失った。これまでなにを見ていたのかとうんざりし、そして、明るさに憧れた先輩よりも風変わりな友人の言うことをすんなり信じている自分を不思議に思った。

本当の住人があの家にいて、かつ先輩たちが乗り込んでいるという状況は危険だ。松倉は一計を案じた。


（「お前が先輩たちを引きつけろ。時間を稼いでいる間に、俺は家の中を探す。本当の住人に会うことができれば、先輩たちの目論見《もくろみ》は崩せる」

「時間を稼ぐって、どうすればいい」

「じいさんのメッセージを偽造するんだ。あの家に乗り込んでいる先輩たちが、気になってその場から離れられなくなるような強烈なものを」

「どうしてそこまでする必要がある？　他人の家じゃないか」

「もちろんそうだ。だが……」）


あのとき、松倉はためらいつつも、こう言ったのだ。

「先輩の祖父というのは、本当に死んだのか？」

死んだと言ったのは浦上先輩であり、僕たちはもちろんその死を確認してはいない。あの家の本当の住人がほかにいるとすれば、それは死んだことにされた祖父だろう。

「生きていて、かつ先輩たちの侵入に抵抗できないのだとすると、危険だ。他人の家のことだってのはもっともだ。だけど！」

言葉に詰まった松倉は、いつもの皮肉で大人びた松倉ではなかった。自分の役目ではないからと顔を背ける松倉ではなかった。子供じみていた。

僕はあのときほど、松倉を友達だと思ったことはない。

「わかった。ここでなにもしなかったら見殺しだ。そんなの、僕も耐えられない」

こうして僕たちはメッセージを偽造した。五十音に変換すると『タスケテクレ』になるように、でたらめな分類記号を割り振ったのだ。唯一おそれたのは、図書委員だった浦上先輩だ。けれど、まともに仕事をしていなかった浦上先輩は、分類記号の間違いにも気づかないんじゃないか。僕たちはその可能性に賭け、そして、賭けに勝った。偽造メッセージで先輩たちを足止めしているあいだに松倉が乗り込み、痩《や》せ細って意識もはっきりしない老人を発見した。松倉は救急隊にこう話したそうだ。

「忘れ物をしたので先輩の家に戻ったら、家が広いので迷ってしまいました。うろうろしているうちにおじいさんを見つけて、ひどく弱っていたので、すぐに救急車を呼びました」

先輩たちは老人の衰弱につけ込み、金庫の中身をかすめ取ろうとした。遺産が待ちきれなかったのか、その配分に不満があったのか、その辺はわからない。松倉が救急車を呼んだことで浦上先輩たちの目論見は破れたが、先輩たちのしたことはどんな罪になるんだろう。もしかしたら邪魔をされないよう睡眠薬ぐらい盛っていたのかもしれないが、弱った老人を安静にさせるためだと言ってしまえばそれまでだ。なんの罪にもならないのだとしたら、松倉にはどんな報復が待っているんだろう。僕には？

松倉の推測が正しければ、本来金庫の中身を得るはずだった孫は別にいる。その人物が今回の一件を知ったとき、浦上家にはなにが起きるだろう。

いずれにしても、もう浦上先輩が僕に笑いかけてくれることは二度とない。

すべてを吹き払うように、松倉はやけに快活に言う。

「それにしても、金庫の中身はなんだったんだろうな」

今後への不安はある。けれどいま、僕は笑った。

「開けたよ。救急隊が来たどさくさに」

本当の番号は、僕の予想通りだった。

内山和典『日本の観光・世界の観光　「旅行代理店」を超えて』
産業〔6〕　運輸、交通〔8〕　観光事業〔9〕

689　ウ

佐藤俊夫『確率論概説』
自然科学〔4〕　数学〔1〕　確率論〔7〕
417　サ

浮田夏子『はやわかり商法』
社会科学〔3〕　法律〔2〕　商法〔5〕
325　ウ

狭川信『放牧の今日』
産業〔6〕　畜産業〔4〕　畜産史・事情〔2〕
642　サ

68をウ、つまり右廻りに9回、41をサ、左廻りに7回、32を右廻りに5回、64を左廻りに2回。これで金庫は開いた。

「で、中身は？」

にやりと皮肉に笑いながら、松倉が訊いてくる。金庫の中身を察していたのか。たぶん僕もにやついていた。

「クレヨン画の『わたしのおじいちゃん』と、写真アルバム」

住宅街の静けさも構わず、ほとんど快哉《かいさい》のように、松倉は右足を蹴り出しながら大声を上げた。

「どうせそんなことだろうと思ってたさ、最初からな！」

ロックオンロッカー

The Book and The Key

1

松倉詩門と付き合うようになってから、それまで思いもしなかったことを見聞きするようになった。そのすべてが松倉のせいというわけじゃない。むしろ松倉には、奇妙な体験からは一歩身を引きたがるようなところがあった。だけど僕がおかしなことに関わったとき、たいていあいつが隣にいたことも事実なのだ。

高校二年の夏が始まったころ、僕たちはある出来事の傍観者になった。

自分でも変な言いまわしだなと思う。「ある出来事の目撃者になった」では駄目なのか？　傍観と目撃、両方の言葉を口ずさんでみた。なるほどこれが「推敲《すいこう》」か。その上で、やっぱりあれは傍観と表現した方がしっくり来る。僕たちは偶然見てしまったのではなく、もっと能動的に、ただ見ていることを選んだのだ。

事の起こりは、僕たちの髪が伸びてきたことにある。日を追って暑くなり、もうすぐ襲ってくる耐え難い熱気を予感させられていた季節、僕と松倉詩門はほとんど同時に、髪を切ろうと思い立った。それだけなら、週末にでもそれぞれ行きつけの店で散髪し、月曜にめいめい清々《すがすが》しい気分で登校して、話はおしまいになるはずだった。僕たちは互いが散髪したことに気づきもしなかっただろう。ところがたまたま雑談の中で、松倉の行きつけの床屋が店を閉めて困っているという話を聞いた。一方、僕の財布の中には偶然にも、「堀川次郎様　ご友人を紹介いただくと、ご本人様・ご友人様どちらもカット料金四割引」の割引券が入っていた。

つまり松倉は新しい店を探す手間が省け、僕は散髪代を四割も節約できる。どう考えても旨《うま》い話で、このチャンスを逃す手はなかった。松倉詩門も、

「ありがたいね」

と喜んでくれた。

だが僕は迂闊《うかつ》にも、割引が適用される条件を見落としていた。割引券の片隅に「ご友人様と一緒にご来店の場合」と書かれているのに、しばらく気づかなかったのだ。気づいて以降、僕は週末まで我ながら執念深く愚痴を言い続けた。まずは放課後の図書室で。

「散髪だよ、散髪。ほかのなにかじゃない。髪を切りに行くんだ。それを、なんで団体様で行かなきゃいけないんだ」

図書委員が図書室で雑談なんてろくでもない話だが、なにしろうちの図書室はまことに人気がなく、特にその日は利用者が皆無で、それをいいことに僕たちは声高に言い合っていた。

松倉はもちろん、彫りの深い顔にいつもの皮肉な笑みを浮かべて、

「行かなきゃいけないわけじゃない」

と反論した。

「四割引を諦めればいいだけだ。お前の割引券なんだから選択権はお前にある。俺としては、どうか思いとどまってくれと祈るだけだ。今月厳しいんだよ」

「四割は惜しいな。考え方を変えよう。二人で行った場合の値段が正価で、一人で行くと割増料金を取られると考えるんだ」

「なるほど。何割増しになるんだ？」

「四割じゃないか」

「いや、違うだろ」

「前提として、あそこはカットのみだと四千円だから……」

お互い、数学の成績は悪くなかった。僕はともかく松倉は、頭も悪くない。むしろ才能を発揮する場がやや特殊なだけで、相当な切れ者だと思う。だけどこのとき僕たちは、その「割増料金」が何割なのか計算するのに方程式を立てられなくて、ノートを広げシャープペンを走らせ四則演算を駆使することになった。ようやく数分後、得られた解に僕は感嘆の溜め息をついたものだ。

「約一・六七倍だ」

「七割増しか」

「四割引を諦めると七割増しになる。理不尽だ」

松倉がぽつりとこぼした言葉は忘れられない。

「俺たち、結構アホかもしれんな」

次に愚痴をこぼしたのは、散髪当日のことだ。日は長いころだったが、松倉と合流したのは遅い時間で、あたりはほぼ暮れていた。丈の長いシャツを着た松倉と並んできらびやかな繁華街を歩きながら、僕は言った。

「いまここで補導員に会ったとするだろ」

「ああ」

「深夜徘徊《はいかい》というほど遅くはないけど、まあだいたい夜だ。『どこに行くんだ』と咎《とが》められたとするだろ」

「ああ」

「そのとき、どう答えればいい。にっこり笑って『ボクたち、これから二人で美容院に行くんです』って言えばいいのかな」

松倉の笑い方には、少し癖がある。なんというか、大人びた忍び笑いをするのだ。

「事実じゃないか、堀川」

「事実だな。悲しい事実だ」

これは価値観の問題だ。僕の場合はこうなる。友人と映画に行く、問題ない。友人と喫茶店に行く、なるほど。友人と図書館に行く、そういうこともあるかもしれない。友人と散髪に行く……なんで?

「考え方を変えよう」

放課後の図書室で僕が言った言葉を、今度は松倉が言った。

「堀川。髪は俺たちの体内で生成されるもので、放っておいても伸びる」

「僕のじいさんの場合は伸びない」

「俺の母方のじいさんもそうだな。父方のおじもそうだ。……なあ堀川。遺伝すると思うか?」

「深刻な問題だな。だけど話を戻そうぜ」

「逸らしたのはお前だ」

「責任を痛感してる。それで?」

正面からやって来る自転車を、二手に分かれて避ける。戻ってから、松倉はわざとらしく咳払《せきばら》いした。

「つまり、だ。体内で生成された物質が過剰になったから、外部に廃棄しに行くわけだ。よって、二人で髪を切りに行く行為は、連れションに類似する。ゆえに、別におかしなことじゃない」

「なるほど」

そう言ったのは、もちろん、納得したからではない。あまりに馬鹿馬鹿しくて相手にするべきかどうか迷ったからだ。結局、僕はこう付け加えた。

「だけどお前と連れションに行ったことはないし、行きたいとも思わないし、お前がどんなにそれらしいことを言っても散髪は連れションに似ていない」

「もっともだな」

そうして僕たちは、僕の行きつけの美容院の前に立つ。

予約は夜の七時。一分と違《たが》わない、予定通りの到着だった。

2

目当ての美容院は繁華街の一角に、二階建ての建物を堂々と構えている。

一階だけでも椅子は二十脚を超え、それとは別にシャンプー台も数席用意されている。二階も同じような造りなら同時に四十人以上の髪を切れることになるけれど、美容師が四十人いるかはさすがに疑わしい。建物は外壁に煉瓦《れんが》風のタイルが施され、重厚な存在感がある。

外部ライトに照らされた店を見上げ、松倉は、毒気を抜かれたような顔でぽかんと口を開けた。こいつのこういう顔は滅多に見られない。

「でかいな」

「でかいだろう」

「洒落《しゃれ》てるな」

「そうかもな」

「なんだってこんな店がお前の行きつけなんだ」

その質問は無視して、ドアに手をかける。いとこの姉ちゃんに連れられて会員カードを作ってしまって以来なんとなく、とはなかなか言いづらい。

店はドアも大きく、高さ二メートル以上はある木製だ。重量感たっぷりで、実際に重くちょっと押したぐらいでは開かない。一見《いちげん》さんの「ちょっと入ってみようかな」という勇気をくじくには充分すぎる重さだが、僕は一見さんではないのでぐいと押し開ける。

店内は明るく、高い天井からばかに大きなファンが吊り下げられている。たまたま客の切れ目だったのか、カウンターの内側には店のスタッフが数人、暇を持て余すようにたむろしていた。僕たちが店に入ると、間違って迷い込んできたわけじゃないと判断するような一瞬の沈黙のあとで、全員がにこやかに声を揃えた。

「いらっしゃいませ！」

松倉が気圧《けお》されているのが、見ないでもわかった。こいつは底の知れないところがある男だが、流行《はや》りとか洒落者とか今風とか、そういう言葉には縁がない。美容師たちの笑顔を前にして、さぞ戸惑っていることだろう。

誰にともなく曖昧《あいまい》に顔を向け、

「予約していた堀川です」

と名乗ると、列から一人が歩み出てきた。

「お待ちしておりました。お電話お受けした近藤《こんどう》です」

パッチワーク模様のシャツを着た男の人だった。なんだか妙にとろんとした目をしている。「笑顔だが目は笑っていない」という表現はよく読むが、その伝で行けば近藤さんは「笑顔だけど目は眠そう」だ。

「本日はご予約ありがとうございます。こちらが……」

近藤さんは最後まで言うことができなかった。出し抜けに大声が響いたのだ。

「堀川様！　いやいやいやいやいや、ご無沙汰しています！」

赤いシャツを着た男が、近藤さんの後ろから近づいてくる。すらりと細身で背が高い。輝くような笑顔で、手を広げているのが大袈裟《おおげさ》だ。見憶えのある人だ。だけど、特に個人的な会話を交わしたことはなかったと思う。……誰だ。

「え、あの、どうも」

挙動不審になってしまう。男は目の前までつかつか歩いてきて、ぴたりと止まった。

手でも握ってきかねない勢いに、ちょっと身構えてしまう。

「どうもどうも。今日はお連れさまがいらっしゃると聞いて、お待ち申し上げておりました。いやもう本当に、ありがとうございます」

深々と頭を下げてくる。

「あの、はい、どうも」

「たびたびご利用いただきながら、自己紹介が遅れて申し訳ありません。わたくし店長の船下《ふなした》と申します」

「あ、店長さんでしたか」

「はい」

ずいぶんフランクというか、親しみやすいというか、軽い店長だ。

船下店長は、きらきらした笑顔を今度は松倉に向けた。

「堀川様のお連れさまですね。ご予約のお名前は頂戴しておりますでしょうか」

松倉は、ひどく礼儀正しく頭を下げた。

「松倉といいます。今日はよろしくお願いします」

戸惑いがひとまわりして冷静になってしまったらしい。だけどなんというか、変な冷静さだ。美容院でそんなお辞儀をする人間は見たことがない。

「はい、こちらこそ。ええと、本日のメニューは伺っていますか？」

とろんとした目の近藤さんが、横から口を出す。

「カットでお受けしています」

「カットですか、わかりました。お好みは担当の者がお伺いいたします。松倉様、恐れ入りますがまずは会員カードをお作りいただけますか」

船下店長がレジカウンターの方に手を伸ばすと、一人のスタッフがあうんの呼吸でクリップボードを渡す。それを受け取った松倉は、近くにある椅子に座ることもなく立ったまま、自分の名前を書き入れた。

「……はい、ありがとうございます。松倉様。これをご縁に、どうぞ今後ともお引き立てたまわりますように」

いつの間にか、近藤さんが手に小さなビニールバッグを持っている。

「店長、ご案内は」

おずおずと言うと、店長は明るく、

「ああ、僕がやるから」

とバッグを受け取った。

「当店のシステム、堀川様はご存じですね」

「はい」

「ロッカーブースはこの奥です。では」

僕たちにひとつずつ、黒いビニールバッグが渡される。バッグの持ち手には、鍵と番号札がついている。

店長は笑顔を少しも崩さず、でも僕たちの顔をしっかりと見据える。

「お荷物はロッカーにお預けください」

そして、嚙んで含めるように、こう付け加えた。

「貴重品は、必ず、お手元にお持ちくださいね」

3

ロッカーブースとはいうけれど、メインフロアと扉や壁で区切られているわけではなく、単に物陰になっているだけだ。

細長い空間の左右に、白く塗られて番号が振られたロッカーがずらりと並んでいる。

ふと、ロッカーはいくつあるのか気になって番号を見てみると、一番大きな数字は四十番だった。ということは、やはり一度に四十人の客をさばけるのだろうか。

松倉が不意に、大きい溜め息をついた。

「これまでの人生でたぶん、松倉様って呼ばれたことはなかったな」

変なことを気にするやつだ。

「様を付けてもらえるほど偉くないぞ。高校生だし」

「考えようだろ。『ただの高校生に様を付けてもらうのは申し訳ないので、私に対してはマニュアルを変えて別の呼び方にしてください』なんて言う方が、面倒な客だって気もする」

「詭弁《きべん》だな。まあ、松倉ちゃんじゃなくてよかったよ」

そして、手に持ったビニールバッグをしげしげと見ている。

「で、これはなんに使うんだ」

「店長が言ってただろ。貴重品を入れるんだ」

「ああ、なるほど」

さすがに呑み込みが早い。この店では荷物をロッカーに入れ、財布などの貴重品はビニールバッグに入れて手元に置いて、髪を切ってもらうシステムになっている。ロッカーの鍵はバッグについているので、バッグを持ち歩く限り荷物も貴重品も安全という仕組みだ。ロッカーの中にはハンガーもあって、冬場は防寒着なんかも入れておける。

閉じたロッカーを見ながら、松倉が呟く。

「まあ、入れるものはないけどな」

松倉の財布は薄いので、ポケットに充分収まってしまう。鞄《かばん》のたぐいも持って来ていないので、松倉がロッカーに入れるものはなにもない。僕はボディバッグを使っている

ので、いちおう入れておく。そして、

「貴重品はお手元に、と」

財布をビニールバッグに移した。僕の財布は二つ折りで、ポケットに入れると大きく膨らんでしまうのだ。

細長いロッカーブースのどん詰まりに、鏡台が置いてある。手持ち無沙汰なのか、松倉はその鏡台に向き合っていた。台には大きな花瓶が置かれ、色とりどりの花で鏡がなかば隠れている。花の中で、とりあえず薔薇《ばら》だけはわかった。

「本物？」

と訊くと、松倉は花びらを一枚つまんで、「おお」と声を上げた。

「本物だ」

「すげえな」

無遠慮なつまみ方だったから、松倉も造花だと予想していたのだろう。ゆっくり指を離し、ばつが悪そうにパンツで指を拭《ぬぐ》っている。いまさら遅い。

不意に訊いてきた。

「なあ堀川。あの店長と仲がいいのか。やたら愛想がよかったが」

そこが不思議だ。

「いや……。あの人の顔は知ってたよ。接客されたこともあったかもしれない。でも店長だってのは知らなかったな。その程度だ」

「ふうん」

「やっぱり、新しい客を紹介すると扱いが違うってことなんだろうな」

そして、少し声を潜める。

「なにしろこれだけ大きい店で、七時とはいえ日曜日なのに、客が僕たち二人だけだろ。厳しいんじゃないか？」

「そうだな。スタッフは何人いた？」

「さあ。六、七人はいたような」

「もっといた気がする」

ほとんどが花に覆われた鏡に向かい、松倉は芝居がかった仕草で髪をかき上げる。

「まあ、俺を納得させるカットが出来たら、常連になってやらんでもない」

こいつらしくもない冗談だ。

「やっと松倉様らしくなってきたじゃないか」

そう言ってやると、松倉はてきめんに嫌そうな顔をした。

広いフロアで、僕たちは並びの椅子に通された。

カットを担当してくれる美容師は、前にも受け持ってもらったことがある、前野《まえの》さんという男の人だった。遍歴というほどたくさんの美容師に切ってもらったわけではないけれど、僕はこの人が一番好きだ。なにしろ無口で、カットの最中に余計な雑談をしなくて済む。

「今日はどうします？」

「前と同じぐらいで」

「わかりました」

という会話だけで、今日の方針が全部決まった。

あいにく、松倉の方はそう上手くはいっていないようだ。ヘアカタログを二冊広げて、若い男の人が昂奮気味にまくしたてている。

「松倉様は顔立ちが派手めなので、髪型も工夫しがいがありますよ。こういうのもお似合いになると思いますし、こういうカットも人気です。それからもし少し冒険されるんだったら、こっちのイメージで少し流す感じにすると、だいぶ雰囲気変わりますよ」

ちらりと、松倉が僕の方を見る。恨みがましい目だ。いくらこの店に連れてきたのが僕だからって、こっちを恨まれてもどうしようもない。かろうじて松倉の口から出た言葉は、

「今日は、全体的に短くしてください」

だけ。それからも少し悶着《もんちゃく》があったけど、結局は「じゃあ、短くしますね」という

ことで落ち着いた。

　これだけ打ち合わせに差があったのに、僕たちは揃ってシャンプー台に通された。つまり、僕が待たされたのである。二人とも手にビニールバッグを持って、案内されたとおりにシャンプー台に向かう途中で、松倉がぽつりと言った。

「なんて言えばよかったんだ」

「『軽めにして、少し動きをつけてください』でいいんだよ」

「動きってなんだよ。髪が動いたら妖怪だ」

　こういうやつなのに、学校で松倉は明らかに美男の部類に入る。素材がいいというのは実に得だ。

　髪を洗ってくれるのは、美容師とは別の女の人だった。シャンプー台では二人並んで、まずは首のまわりにタオルとシャンプークロスを巻かれる。

「苦しくないですか」

「はい」

「椅子の高さは大丈夫ですか」

「はい」

「お湯の温度は大丈夫ですか」

「はい」

「どこかかゆいところはありませんか」

「いえ」

「どこか流し足りないところはありませんか」

「いえ」

髪を洗ってもらうときにいつも交わされるこのやりとりの最中、いつもではないのだが時々、自分はものすごい間抜けなのではと思うことがある。

揃って髪を拭かれ、揃ってカット用の椅子に戻ってくる。

カットクロスを前からかぶせられ、ちらりと横を見ると、同じようにカットクロスをかぶった松倉が、やはり同じように僕の方を見ていた。まったく、つくづくどうして二人で散髪に行くなんてはめになったのか。面白すぎて、もう笑いも出てこない。あとは黙って切られようと思っていたところ、松倉が面倒そうに訊いてきた。

「人がかぶってる姿を見ると、なにか連想するな」

カットクロスのことだ。実は僕も同じことを考えていた。もっとも僕の方は、その「なにか」に思い当たっていた。

「明日を天気にしてやろうか」

「それだ」

白いクロスから手が覗いて、親指がぐっと上を向いた。

美容師の二人は、僕たちの会話に入ってくることはなかった。

「はい。じゃあ切っていきますね」

と鋏《はさみ》を入れ始める。切られた髪が一房二房と、音もなく床に落ちていく。

カットが始まると、さすがに横を向いてはいられない。ところが、お互い正面の鏡を見ているはずなのに、松倉はそれからもなにくれとなく話しかけてきた。いわく、図書室だよりのネタは出来たか。いわく、新発売のパセリ風味コーラは飲んだか（「意外と悪くないが、なぜかどうしても二回目を飲む気になれない。どうしてあれほど中毒性がないのか意見を聞きたいからお前も飲め」だそうだ）。いわく、最近なにか面白い本を読んだか。

どうでもいい会話を続けるうち、松倉の狙いが読めてきた。どうやら、美容師との最初の打ち合わせがよほどいたたまれなかったらしく、話しかけられないよう僕との会話を繋《つな》いでおく作戦なのだ。ふだんはどちらかといえば超然として、誰も馬鹿にしない代わりに誰も恐れないような松倉詩門にこんな弱点があるとは知らなかった。かわいそうにとは思うけれど、どうにもにやにや笑いを抑えきれない。まあ、そういうことなら助けてやるのが友達甲斐《がい》だと思って、僕も話題を捻り出す。

「ところで、さっき少し変だったなあ」

「なにがだ」

話を続けたいのは松倉の方なので、すぐに乗ってくる。

「店長がビニールバッグをくれたとき。なんて言ったか憶えてるか？」

「ああ」

少し間があって、

「貴重品は手元に持ってろって言ってたな」

「持ってるか」

「知ってるだろ。ポケットに入れてる」

「とすると、そのバッグは空なのか」

袖からつき出された指が、松倉の前に置かれたビニールバッグを指さす。

「いや、携帯を入れてる。……それがどうかしたのか」

「それ自体はどうもしないんだけどな」

なんだそりゃ、という呟きをよそに、僕は先を続ける。

「店長は、貴重品は必ず手元に持ってろって言ったんだよ」

「……ふむ」

さすがに松倉は察しが早い。それだけでなにかを読み取ったようだ。

ふだんこの店に来たときは、毎回「貴重品は手元にお持ちください」と言われていた。

それはもう決まり文句のようなものだ。それが今回だけ、なぜか「必ず」がついていた。

小さな違いだけれど、実は結構引っかかっている。

「たしかにな。『さようなら』と言って『気をつけて帰れよ』と言われても、別にどうとも思わないが……」

「ある日だけ『充分に気をつけて帰れよ』と言われたら」

「そりゃ台風の日のセリフだな。特に気をつける必要があるってことだ」

「雪とかな」

少し間が空く。美容師の前野さんが、僕の前髪を持ち上げて切っていく。

「……で、僕が思うに」

その矢先だ。松倉が、とりわけのんびりとした声で言った。

「ま、それはともかく、一組の瀬野《せの》の話は聞いたか？」

瀬野というのは、うちの学校でも名にし負う美女だ。性格が悪いという噂《うわさ》は聞いたことがあるが、口をきいたこともない。

そんな名前をいきなり出してくるというのは、よほど瀬野の話をしたかったのだろうか？　いや、そうではない。松倉はおそらく、店長と貴重品の話を打ち切りたかったのだ。理由まではわからないが、話を逸らされては面白くない。でもその一方、こいつが嫌がるなら、別にその話を続けたいわけではなかった。

瀬野の話は、靴下の模様が校則に違反していると言われて、なにも言わずにそれを脱いでその場でゴミ箱にたたき込んだという武勇伝だった。

「へえ」

なにしろ、美人で性格が悪いという噂があること以外、なにも知らない相手だ。感心はしたけれど、それ以上なにも言いようがない。話が途切れたところで、松倉の髪を切っていた美容師さんが待ってましたとばかりに言葉を挟んできた。

「お二人はクラスメートなんですか？」

松倉に会話させるのも気の毒で、僕が答える。

「いえ。委員会が一緒なんです」

「委員会。へー。ぼくはそういうの全然でした。どんな委員会ですか？」

「図書委員会です」

「図書委員会。へー。ぼくはそういうの全然でしたねー」

ちょっと失礼します、と言い置いて、僕を担当していた前野さんが鋏を腰に下げたシザーケースに入れ、席を離れた。松倉担当の人はさらに訊いてくる。

「お二人とも本とか読むんですか？」

「ええ、まあ」

「へー。ぼくはそういうの全然です。どんな本を読むんですか？」

待ってくれ、あなたが全然本を読まないのが事実だとしたら、誰の名前を挙げても

「ぼくはそういうの全然」以外の言葉は言えないじゃないか。だったらどうして訊いてくるんだ。カットが中断されているので、僕は首を横に向けられる。正面を向いたままの松倉は、話の矛先が自分に向かないよう祈ってでもいるのか、恐ろしいほどの無表情だ。薄情なやつだ、気を遣って話に乗ってやった恩も忘れて。

ところが、意外なところから救いの手が差し伸べられた。鏡に船下店長が映ったかと思うとこちらにやって来て、いきなり、髪が散らばる床に片膝を付かんばかりに身をかがめたのだ。

さすがに、ちょっと驚く。店長は声まで慇懃《いんぎん》だった。

「堀川様。失礼いたします」

「あ、はい」

「恐れ入りますが、八時の閉店時間が近いものですから、レジの精算をいたします。先にお会計をいただいてよろしいでしょうか」

「あ、はい」

カットクロスをつけたまま、ビニールバッグに手を伸ばす。

「おいくらですか」

「学生カット料金四千円に、ご友人ご紹介割引の四割引が入りまして、二千四百円ちょうだいいたします」

やっぱり安い、さすが四割引だ。万難を排して松倉と来た甲斐があったというもので、これは松倉も喜んでくれるだろう。財布からちょうど二千四百円を取り出して、店長が捧《ささ》げ持ったトレイに置く。

「ありがとうございます」

店長は一度戻っていき、僕にレシートを渡すと、今度は松倉のところで同じように支払いを受け取る。その間に前野さんが戻ってきて、僕のカットを再開した。

「耳まわりを整えていきます」

会計が終わって、カットも終盤にさしかかっている。相変わらず鏡の中の自分と向かい合ったまま、松倉に向け、

「僕はてっきり」

と言ってみる。

「俺もてっきり」

と返ってきた。

カットは四十分ほどで終わった。

ビニールバッグについた鍵でロッカーを開け、ボディバッグを取り出す。財布を自分のバッグに戻す。散髪後は、そんなにばっさりと切ったわけでもないのに、やはり痛快

に爽快だ。

松倉は、また花瓶の置かれた鏡台に向かって、ちょっと前髪をいじっていた。

「どうだった」

「きれいにやってもらったよ。ただ」

「ただ？」

「この店を悪く言う訳じゃないから、そこはわかってくれよ。……俺の行きつけだった店のじいさん、あれで結構いろいろ工夫してくれてたんだなと思った」

男の髪型なんてたいして気にしないということを差し引いても、松倉の髪型が野暮ったいと思ったことはない。その「じいさん」は、たしかに頑張ってくれていたのだろう。

「あと、顔剃《かおそ》りがないのが物足りない」

それは仕方がない。たしか、美容院で顔剃りはできないと法律で決まっていた。

ロッカーブースに、女の人ばかりが三人連れだって入ってきた。豊かに波打った栗色の髪の人と、すっきりと長い黒髪の人、頭頂部がちょっと黒くなりかけた金髪の人の三人だ。

「えー、それやばいじゃん。やばいっていうか、なんだろ、逆にやばいよね」

などと会話するのを横目に、僕は退散する。日曜の夜に僕たち以外の客が来てよかったなと、この店のために思う。

ところが、松倉が動かない。ブースの出入り口までは来たのに、立ち止まってちらちらと三人連れを見ている。それはまあたしかに、三人とも割と派手な服を着た、美人と言っていい人たちだけれど、こんな至近距離からじろじろ見るという法はない。松倉の袖を引く。

「おい。行くぞ」

「……ん？　ああ。そうだな」

心ここにあらずといった感じだ。いちおう付いてくるが、まだロッカーブースを気にしている。松倉が美人に見とれるというのも、なにかおかしい。

「顔見知りか」

そう訊くと、松倉はふと我に返ったような顔をした。

「いや、ぜんぜん」

「じゃあなんなんだよ」

「なんだろうな」

こいつは時々こういう訳がわからないことを言う。

先に支払いが済んでいるので始末が早く、レジでは松倉の会員カードを受け取るだけだった。店に入るときはあんなに歓迎してくれたのに、出るときに店長は顔も見せなかった。だからどうこうと思ったわけではないけれど。

前野さんと松倉担当の美容師さんの「ありがとうございましたー」に送られて街に出たのは八時近くで、さすがに空は暗かった。

4

僕に夜遊びの趣味はない。近くの駐輪場に自転車を駐《と》めているから、そこまで行ってあとは帰るだけだ。そのはずだったのだけど。

店を出てからずっと黙り込んでいた松倉が、ふと顔を上げて「そうか」と呟いたかと思うと、変なことを言い始めた。

「なあ堀川。ジュース一本つきあえよ。おごるぞ」

「……ああ、まあいいけど、おごりはいらない。自分で出すさ。どうかしたのか」

「まあな。パセリコーラでいいか？」

「嫌だ」

僕は嫌だと言った。はっきり、嫌だと言ったはずだ。

なのに「待ってろ」と言った松倉が三分後に買ってきたのは、パセリコーラだった。

「そんなに飲ませたいのか。そのために引き留めたのか」

「そうだ、違う」

「なんだよ」

「そんなに飲ませたいのか、そうだ。そのために引き留めたのか、違う」

松倉は周囲を見まわした。美容院の前の道路は、この時間でもそれなりに交通量が多い。道路を挟んだ向かいに、大きな街路樹が立っている。

「向こうに渡ろう」

松倉は、その街路樹を指さした。言われてみれば小さなベンチもあるようだけれど、道沿いに座って排気ガスを浴びるのはあまり好かない。

「ちょっと歩けば公園もマクドナルドもあるぞ」

「それじゃあ駄目だ。面白い見世物が見られそうなのに」

なにを言っているのかわからない。説明はあとで聞くことにして、とにかく歩き始めた松倉に付いていく。無理に突っ切るには車が多すぎるので少し離れた横断歩道を渡って戻ってくると、美容院の重いドアが正面に見えた。

「で、なんだよ」

そう促すと、松倉はまずパセリコーラを渡してきた。わかった、わかったよ。そうまでして飲んで欲しいんだな。無言で受け取り、無言で金を払って、無言でキャップを開ける。

「『貴重品は、必ず』のことなんだけどな」

出し抜けに、松倉はそう切り出した。目の前を走る車の音が大きくて、聞き違えたかと思った。

「え？」

「『貴重品は、必ず』のことなんだけどな。なんで今日に限って、店長が『必ず』と言ったのか。邪魔して悪かったが、なにを言おうとしたんだ」

そのことか。蓋を開けたパセリコーラから、なんというか薬草っぽい匂いが微《かす》かに立ち上るのを感じながら、答える。

「わかってたんじゃなかったのか」

「たぶんわかってると思う。でもまあ、俺たちそれほどわかり合ってるか？」

いいや。

炭酸の刺激に紛れて、匂いはそれほど不快なものではない。そして思い出した。僕はそもそも、パセリが嫌いである。

「僕が言いたかったのは、こうだ。いつも『貴重品はお手元に』と言っていた店が、今回だけ『貴重品は、必ず、お手元に』と言ったのはどうしてか。それは最近ロッカーブースで盗難事件があって、いま店が警戒態勢だから」

「なるほど。で、味はどうだ」

「まだ飲んでない」

見ていたくせに。

「話を途中で遮ったのは、僕がそれを言ってしまいそうだったからじゃないのか」

松倉は「まあな」と言った。たしかに、いま髪を切ってもらっているという状況で、「最近この店で盗みがあったんじゃないか」と話すのはあまり品のいいことではない。口が滑ってしまいそうになっていたところを止めてもらったのだ。あのときは話を逸らされてむっとしたけれど、よくよく考えれば感謝すべきかもしれない。

「で、実際のところは、なぜ『必ず』がついた?」

「実際のところは、もうレジを締めるからだった」

思い切って口をつけてみる。……苦い。苦いけれど、パセリらしいかと言われるとそんなことはない気がする。そして炭酸のおかげで、苦さも前面には出てこない。これ、たしかに松倉の言うとおり、そんなに悪くないんじゃなかろうか。もう一口飲んで、先を続ける。

「もうレジを締めるから、僕たちがカットしてもらっている間に会計をする必要があった。そのためには手元に財布を持っていてもらわなくては困る。いくらなんでもカットクロスをかぶって、切られた髪の毛をぱらぱら落としながらロッカーまで財布を取りに行くわけにはいかない。だから店長は先を見越して、『必ず』財布を手元に置くように言ったんだ」

「ふむ」

なぜか松倉は、美容院から視線を逸らさない。そしてまた、

「味はどうだ」

と。

「そんなに悪くないな。青くさい苦みなら嫌だったけど、これはなんだろう、もっとすっきり苦い」

「だろう」

「一口飲むか？」

「いらない」

松倉は、自分用に買ってきた缶コーヒーを開けた。申し訳程度に口をつけ、すぐに離して、ぼそりと言った。

「俺もそう思ったんだよな」

さっき会計が終わったあと、僕たちは「てっきり」と言い合った。それで松倉も似たようなことを考えているんだなとは思っていた。

「いまは違うってことか？」

「ああ」

「それで、もうすぐ面白いものが見られると思うのか」

「そうだ」

「説明しろよ。とにかく座れ」

僕たちは夜の街で、松倉は缶コーヒーを僕はパセリコーラを手にして、道路沿いの小さなベンチに並んで座った。視線の先には煉瓦造り風の美容院があるけれど、走る車が一秒ごとに視界を遮っていく。パセリコーラを飲む。これぐらいなら気にならないかと思ったが、やはり苦い。とはいえ、嫌になる苦さだともやっぱり思わない。

流れていく車を見ながら、松倉が言う。

「俺も最初、そうか、カット中に会計するから財布を持っていて欲しかったんだな、と思って納得した。でも、よく考えるとおかしい。もしそうなら、『必ず』と言った時点で、カット中に会計することになるとわかっていた理屈になる」

「おかしいか?」

「おかしいだろ」

不意にこっちを向く。口元に、微かに皮肉な笑みが浮かんでいる。

「それがあらかじめわかってるなら、会計も先に済ませてしまえばいい。俺たちがロッカーブースに行く前に、『すみませんが閉店が近いので先にお支払いいただけますか』とでも言えばいいじゃないか。そうすれば、あんなてるてる坊主みたいな恰好《かっこう》で不自由に体をよじりながら、金を払う必要はなかった」

「まあ、それはそうだ。でも、それは店の自由じゃないか？　もしかしたら僕たちが追加注文して、支払いが変わると思ったのかもしれない」

「追加注文？　たくあんとか？」

「たくあんとか」

なんでたくあんなんだ。

「まあ、そうかもな。でも俺が最初におかしいと思ったことは別にある。……なんであれだけのスタッフがいて、俺たちをまず接客したのが店長で、会計に来たのも店長だったんだ。それこそ見習いでもできる仕事だろう」

「それは話したじゃないか。新規の客を紹介したから、下にも置かないもてなしとして店長が出てきたんだって」

「でも見送ってはくれなかった」

「見送って欲しかったのか」

「いや。……そういうことを言いたいんじゃないってわかるだろ？」

わかる。僕自身、たいして知りもしない店長がいきなり出てきたことには驚いた。

「俺たちを最初に出迎えたのは、ツギハギっぽい服を着た近藤って男だった」

パッチワーク模様のシャツは憶えていたけれど、名前までは憶えていなかった。言われてみれば近藤だった気もしてくる。

「あの店長は、俺たちの接客を近藤から奪い取ってたぞ。正直、あれって近藤の顔を潰してないか？」

「店長だからなあ」

「店長だからこそ、な。まあ、それもいいとしよう」

缶コーヒーを飲む。つられて僕も。……なにか、こつんと小石をぶつけられたような感じがした。パセリコーラを口に含んだ瞬間、脳が違和感を訴えたような。いや、でも、まずくはない。

「で、最後に三人組が入ってきただろ」

「ああ。派手だったな」

「派手でも地味でも構わない。あの店はもうすぐ閉まるはずなのに、いまから新しい客が入るのかって面食らったんだよ」

それで、あんなに三人組を気にしていたのか。

「でも、もしかしたらあっという間に終わる作業を頼みに来たのかもしれない」

「そうかもしれない」

松倉はあっさりと頷き、コーヒーを一口飲んで、付け加える。

「ただ、少なくともあの金髪の人は、美容院に来た以上は黒くなってしまった頭のてっぺんを染め直すだろうから、そんなにたちまち終わるとは思えない」

「リタッチか。一時間から一時間半ってところか」

「変なことを知っているな。でもまあ、もしかしたらあの中途半端な黒髪もお洒落の一種だって可能性もある。それも置いておこう」

「カットモデルかもしれない、とは思ったな。店を閉めた後、練習台になったりする」

「ああ、そういう可能性もあるか。捨て切れない線だ」

一拍おいて、松倉はまともに僕を見た。

「たしかにひとつひとつは決定的じゃない。でも、俺が言った三つを揃えて、まだなんの不思議もないと思うか？」

三つというのは、カット中に支払いを求められたこと、店員を差し置いて店長が接客に来たこと、レジを締めるので会計をと言われたあとで三人組が客として来たことの三点だ。そう並べられると、たしかに自信がなくなってくる。だいいち僕も、最初からおかしいと思っていた点はあるのだ。……あれだけの店で、日曜の夜に客が少なすぎる。

「で、どう思ったんだ」

促すと、松倉はひとつ頷いた。目の前をバスが通り、その排気ガスが拡散するのを待って、口を開く。

「レジを締めるからっていうのは、とっさに考えた言い訳だろう」

「というと」

「俺たちが髪を切られながら、店長の発言を話の種にしたからだ。普段とは違って『必ず』貴重品を持つように言われたのはおかしいな、という話をしていたから、店長はいちおうの理屈をつけ、なにも不思議じゃないと俺たちに思わせるために先に会計をと申し出てきた」

思い返す。

たしかに、店長が来たのは僕たちがその話をしてからだ。では店長は僕たちの話を盗み聞きしていたのか？

そんなことはしなくてもいい。僕を担当してくれた美容師、前野さんが一度席を離れている。そのときに報告したのだとすれば、店長自身が聞いている必要はなくなる。でも、どうして？

「ということは、どうなるんだ」

「まさに俺たちが最初に思ったとおりだ」

信号が赤になったのか車がどんどん詰まっていき、ベンチに座った状態からでは美容院が見えなくなる。

「最近盗難事件があったから、これ以上の被害を出さないために警告した」

頷きかける。

……いや、でもそれはおかしい。

「店として、事件があったからって言いづらいのはわかるよ。でも、カットの途中で会計に来るような、小手先のごまかしをしなきゃいけないことかな。『最近物騒ですからお客さまに警戒を促しているんです』と言えばいいことじゃないか」

「そこだ」

人差し指を向けられた。

「まさにそこだ。なんで俺たちが『必ず』の一言を問題にしているとわかったとたん、ごまかしに来たのか」

考える。

「……考察を深められたくなかったから？」

「俺たちが勝手に考える分には、店に影響はない。より正確に言うなら、考察を口にされたくなかったからじゃないか」

つまり店長は、僕たちが「この店で最近盗難事件があったんじゃないか」と言うこと、それ自体を恐れていたというのだろうか。僕たちが仮にそれを言っていたとしたら、どうなるというのか。なんとなく、松倉の言いたいことが見えてきた。

「それを言えば、店長が盗難を警戒してることが知れ渡るだろうな」

松倉は一瞬、にやりと笑った。我が意を得たりと思ったのだろう。

「誰に？」

あの店に、客は僕たちしかいなかった。とすると必然的に、

「店のスタッフに」

　ということになる。

「それが知れ渡るとどうなる？」

「……そうか」

　ようやく、はっきりとわかった。松倉が言っている、もうすぐ見られる「面白い見世物」がなにか。僕はそれを「面白い」とは思わないかもしれないが、見物《みもの》だということはたしかだ。

　車の列が動き始める。ミニバンが、バイクが、タクシーが通り過ぎたあと、美容院の前には白い自転車が二台駐まっている。

「すると、近藤かも」

　僕がそう呟くと、松倉の眉が片方持ち上がった。

「ん？　それはわからん」

　おっと、そこには思い至っていなかったのか。どうやら、ここは僕が一歩先んじたらしい。心なしか胸を張る。

「だって松倉、お前はあの最後に入ってきた三人をなんだと思っていたんだ」

「そりゃあ決まっている」

決まっていると言いながら、松倉はそこで言葉を切った。じっと僕を窺っている。僕と松倉は、ほぼ同じことを考えていたに違いない。なぜ、今日に限って店長が「必ず」と言ったのか、同じ結論に辿り着いているだろうと思う。

だけどあいにく僕たちは、それでも「俺たちそれほどわかり合ってるか？」と言われたら、黙って首を横に振るしかない。認識を共有できているという感覚はあるくせに、やっぱり言葉で確認しないわけにはいかないのだ。

僕は言った。

「おとり」

松倉は、ほっと息をつくように頷いた。

「そうだ」

思った通り、同じことを考えていた。そこから先は僕が引き取る。

「店長は、あの店のロッカーからお金が盗まれていることを知っていた。だから、僕たちに『必ず』貴重品をビニールバッグに入れて持ち歩くように言った。でも、僕たちが盗難事件のことを口にすることは邪魔をした。なぜなら、『店長が盗難に備えている』ことがわかると、窃盗犯《せっとうはん》が次の犯行を思いとどまる恐れがあるからだ」

松倉が頷き、自分の言葉で言い換える。

「店長は泥棒を泳がせている。だから、俺たちに余計なことは言わせたくなかった。

……つまり、泥棒はあの店のスタッフの誰かだ」

「でも、誰かはわかっていない。そこで、あの三人組の登場だ」

閉店間際、ほかの客は誰一人いなくなった状態で三人の客がやって来た。松倉の指摘によれば、そのうちの一人は見るからに髪を染め直す必要があり、ふつうなら閉店まで二十分かそこらで受け入れられる客だとは思えない。ほかの二人にしたって来店するには変な時間で、あの三人組が怪しいという松倉の言い分はもっともだ。カットモデルなのかもしれないけれど、店長が窃盗犯を泳がせているとすれば、隠された正体を推理することは難しくない。……つまり、おとり。

彼女たちはたぶん、ロッカーに財布を入れたままにする。そして店長は、たとえば店内清掃を命じるなりして全員をばらばらにして、窃盗犯が動きやすいようにするだろう。そこで証拠を握る。

「あの花は、ないよな」

いきなり松倉がそんなことを言う。だけど僕は、話を逸らされたとは思わなかった。たしかに、ロッカーブースの鏡台に置かれていた花はおかしい。鏡は人を映すものだ。美容院ならなおのこと。その鏡を花で覆うというのは尋常じゃない。

「花のことは、カメラだとでも思ってるんだろ？」

松倉が頷く。

スタッフが窃盗犯なら、常設の監視カメラがあったとしてもかいくぐられる。監視カメラの設定を変えたら、窃盗犯は警戒して手口が巧妙化してしまう。そこで従来のカメラ以外に、店長など一部の人間しか知らない仕掛けを施して、犯行現場を押さえる。本当ならもっと適切な場所に隠せればいいのかもしれないが、なにしろロッカーブースはロッカーが並ぶだけの空間で、物を隠す場所がない。そこで花を置き、カメラを設置するためのカモフラージュにしたんじゃないか。

　僕は言った。

「そこまでわかってるんだったら、近藤が怪しいと思わないか？」

「そこがわからん。……いや、待て、まだ言うな」

うつむいて黙り込む松倉の横顔を、僕は心地よい優越感を持って眺める。だいたい物にはこだわらない松倉が、顔には出さなくても悔しがって頭をひねるのが面白い。趣味の悪い観察だが、さっきは僕が焦《じ》らされたのだから、おあいこといったところだろう。

　それに、僕の楽しみは長くは続かなかった。松倉はすぐに、

「ああ、そうか」

　と言った。

「あの三人をおとりとして使うためには、ほかの客はいない方がいい。だから、日曜なのにあんなにすいていたんだ。……つまり、ほかの客の予約は断っていた」

ほんの僅かなリードも、たちまち取り返されてしまう。さすがに松倉だ。

「それなのに、お前は予約できた」

それだけで充分な説明になっていた。

僕は予約できて、ほかに客のいない美容院で髪を切ってもらうことができた。なぜか？　たまたま電話を取った人間が、このおとり作戦のことを知らなかったから。より正確には、知らされていなかったからだ。……つまり、僕の予約を受け付けた人間は、店長から疑われていたことになる。

「おっ」

缶コーヒー片手に、松倉がベンチから立ち上がる。

「始まったぞ」

店の前の白い自転車は警官のものだろう。僕も立ち上がる。美容院のガラス窓を通して、たしかにスタッフたちの表情が緊張しているのが見える。

次の瞬間、あの重いドアが勢いよく引き開けられた。

ひとり、まろび出てくる。

「大当たり」

さしたる昂奮もなく、松倉が呟く。美容院から飛び出してきたのは、パッチワーク模様のシャツを着た、近藤だった。

「やるな、堀川」

そう褒められても、実はそれほど嬉しくなかった。

「九割、お前が道筋をつけたようなもんじゃないか。威張れないよ」

「九割は言い過ぎだ。……八割ぐらいだな」

「謙虚なつもりか？」

近藤はどちらに逃げるべきか迷うように左右を見る。「待てっ」という、緊迫した声も聞こえてくる。ところが次の瞬間、思いもしないことが起こった。

なにを思ったのか近藤がこっちに向かって、つまり道路を渡って突進してきたのだ。交通量の多い道だけにたちまちクラクションが鳴り響き、急ブレーキでタイヤが鳴る。何台もの車のブレーキランプが一斉に光り、急減速した車を避けようと、バイクが曲芸のように車の合間をすり抜ける。近藤はガードレールにとりつく。

目の前だ。近藤の顔が、目の前にあった。さっきはとろんとしていた目は大きく見開かれ、血走っているようにさえ見える。歯を食いしばっているのか、くちびるが変にひきつっている。

僕は一歩、前に出ようとする。……そこで肩に手を置かれた。

振り返ると松倉が、小さく首を横に振っていた。

近藤はガードレールを乗り越えた。警官たちは、動き出した車の波に遮られて出遅れる。甲高い音で笛を吹き、車の列がようやく止まる頃には、近藤の姿は見えなくなっていた。

「おい待て、止まれ！」

警官たちは道路の横断を諦め、自転車に乗った。一人が無線機を口に寄せている。捕り物になるだろう。

僕は改めて、松倉を見た。ガードレールを乗り越えるとき、近藤は大きく体勢を崩していた。飛びかかればあっさりと取り押さえられただろうし、それが無理でも、警官が駆けつけるまでの時間は稼げたかもしれない。松倉に止められさえしなかったら。

松倉は、あくびをしていた。もう興味はない、というように。

おかしなやつだ。気が抜けると、僕にも冷静さが戻ってくる。近藤は、なにはなくともたぶん鋏だけは持っていた。下手に関わって大けがをしてもつまらない。頼まれたわけでもないのに、街のヒーローを気取ることもない……そういうことか。

もっとも、さしもの松倉も、近藤がこっちに来るとは思っていなかったに違いない。高みの見物を決め込むつもりで、道路一本挟んだ向かいに腰を下ろしたのだから。あんなあくびをしているが、あれはさしずめ肝を冷やしたことへの照れ隠しだ。

言ってやる。

「意外に迫力あったな」

松倉のあくびが引っ込み、にやりと皮肉な笑みが浮かぶ。

「『必ず』の一言から、ずいぶん面白いことになった」

実を言えば、僕は面白がるどころではなかった。近藤の血走った目を思い出すと、いまになって足がふるえてきた。でも、そんな弱みを見せられるか？　僕もあくびをしてやろうかと思ったが、その虚勢は二番煎じだからやめて、代わりに、軽く肩をすくめた。

「そうだな」

道路の向こうの美容院を見れば、店長と数人のスタッフが店の前に出て、どこに視線を定めるともなく近藤が消えた街を不安げに眺めている。その彼らを見ながら、松倉はうそぶいた。

「今夜は楽しかった。またここで髪を切ってやってもいい」

「お気に召したのでしたらなによりです、松倉様」

そして僕はさりげない仕草で、手の中のペットボトルを差し出す。うまく不意を突けたのか、松倉はそれを無警戒に受け取って、口に運ぶ。

パセリコーラをぐびりと飲んで、松倉はたっぷり一分はむせていた。

金曜に彼は何をしたのか

The Book and The Key

1

手を止めてカーテンを見ていた。

まとわりつく蒸し暑さをなんとかしようと窓はぜんぶ開けたのに、カーテンはそよりとも動かない。まったく風がないのだ。空気が淀みきって動かない。この学校全体がガラスの箱に閉じ込められてしまったようだ。

そんな想像を松倉に話したら、

「そうか、すごいな。手を動かせよ」

と言われた。

放課後の図書室は静まりかえっている。ドアの前に「閉室」の札を下げているので、静かなのは当然だ。

七月、期末テストを控えて学校はテスト準備期間に入り、授業は午前中で終わっている。生徒がテストに備えるための半休なので、部活動も委員会活動も禁止。さっさと帰って勉強しろ、ということになっている。

図書室ぐらいは勉強用のスペースとして開放してもいいようなものだ、というか、いまこそ図書室の出番だと思うのだが、「図書室は図書委員が運営している」という建て前に「委員会活動は禁止とする」という建て前が重なって、閉室のやむなきに至っている。司書の先生が切り盛りしてくれればいいのだが、あの人はなんというか、あまりやる気がないらしい。

このテスト準備期間を通じて、世の中には建て前だけではまわっていかないことがあると再認識した。図書委員の活動は禁じられているのに、図書室の通常業務は止まらないのだ。閉室の札を下げていても返却箱には本が返され続け、掲示すべきポスターは届き続け、新しい本も入り続ける。テスト終了までのおよそ二週間、それらの処理を止めるわけにはいかない。時々は誰かが片づけなければならないし、そしてやっぱり司書の先生はなにもしてくれない。

というわけで、僕と松倉詩門は自主的かつ非合法な残業に勤《いそ》しんでいる。

まずは手分けして返却本を書架に戻し、それから僕は新着図書の受け入れ事務を受け持った。オビを外して見返しに貼り付け、本の上と下に図書室蔵書を示す印を押していく。一方松倉は掲示物の担当で、期限切れのポスターを掲示板から外し、新しいポスターを貼っている。市立博物館で鉱石の展示をやるそうだ。

本の上と下のことは「天」「地」といい、そこに押す蔵書印は天地印という。これを押すのは案外デリケートな作業で、薄い文庫本が相手だと特に緊張する。頭はいいが手先が不器用な松倉は、この仕事を迷わず僕に押しつけた。

新着図書は七冊あった。のんびりと印を押していく。

「この天地印ってさ」

さっき適当にはぐらかされたのにも懲《こ》りず、僕は軽口を叩く。

「すごいよな。天と地の印だもんな」

「そうだな」

「なんかこう……世界のバランスを保ってる感じがしないか」

「するな」

「火山に捨てに行った方がいいかな」

「天地の均衡が破れるぞ」

貼ったポスターの傾きが気になるらしく、松倉はこちらを振り返りもしない。

図書室にはもう一人いる。植田登《うえだのぼる》、一年生の図書委員だ。レンズの小さな眼鏡をかけていて、委員会のどんな雑用でもにこにこと笑ってこなすが、反面やけに押しが強いところもある。その植田がいつもの笑顔で、しかしあきれ声を上げた。

「先輩たち、いつもそんな下らないことを言いながら作業してるんですか」

僕は答えた。

「まあ、割と多いね」

「楽しそうでなによりです」

するとと松倉が首をひねり、皮肉に笑った。

「役得してるお前が仕事してる俺たちに言うのか？」

植田は机に向かい、教科書とノートを広げている。手にはシャープペン、つまりこいつは図書委員という立場を利用して閉室中の図書室に入り込み、テスト勉強をしているのだ。

「そうですね。すみません」

素直に頭を下げる。そして上半身を机に突っ伏したまま、顔だけを上げる。

「でも、先輩たちはいいんですか、テスト勉強」

「土日があるさ」

僕はそう答え、松倉は、

「俺たちは頭がいいんだよ」

と答えた。

「うわあ、嫌な感じですね」

わざとらしく、植田が眉をひそめる。松倉が「俺たち」と言ったことで、僕まで嫌な感じと言われてしまった気がする。

「頭は……松倉の方がいいよな」

中途半端な言い訳に、二人分の冷たい視線が突き刺さった。

松倉の言い方にも一理あって、僕も松倉も、勉強熱心ではないくせに成績はそこそこ上位に入っている。学年トップを争うほどではないけれど、追試や補習の心配はほぼしなくてもいい。それで、のうのうと図書委員の仕事を片づけていられるという面はたしかにあった。

植田の成績については、詳しいことは知らない。学年が違うのだから仕方がない。ただ、閉室中の図書室に潜り込んで勉強しているにしては、切羽詰まった悲愴感《ひそうかん》がない気がする。

「成績なら、ぼくも悪くないですよ」

あっけらかんと言う。間髪を容《い》れずに松倉が訊く。

「じゃあなにが悪いんだ」

「環境ですかね。兄貴と相部屋だから狭くて、気が散ります」

植田の兄貴、植田昇《しょう》は知っている。僕たちと同じ二年生で、夜に盛り場をうろついて補導されたり他校の連中と喧嘩《けんか》したりして何度か停学処分を受けている、ちょっとした有名人だ。彼のように真正面から問題を起こすタイプは、うちの学校では珍しい。みなが模範生だというわけではないが、後ろ暗いことをやりたくなったらたいていはもっと上手くやっている。植田昇は、多分に揶揄《やゆ》を込めて、そしておそらく少しだけその馬鹿さ加減への憧憬《しょうけい》を込めて「不良くん」と渾名《あだな》されている。

あの植田昇と同じ部屋では勉強に集中できないのも無理はない……と思ってしまうのは、偏見だろうか。家ではいいお兄さんかもしれないのに。それはともかく、

「こっちの作業が終わったら、容赦なく閉めるからな」

そう釘《くぎ》は刺しておく。植田はこくりと頷いて、再びノートに向かった。

しばらくはそれぞれが淡々と作業に取り組んだ。僕は新着図書の処理を進め、松倉は来たる夏休みに向けて水の事故に注意するよう啓発するポスターを画鋲で留め、植田は黙々とテスト勉強に勤しみ続ける。

植田の言うとおり、僕たちは普段、かなり下らないことを言いながら作業をする。図書室が静まりかえっていたのも束《つか》の間《ま》、新着図書の一冊をまじまじと見て、僕が静寂を破った。

「青い鳥だ」

「なんだって?」

「『青い鳥』だよ。メーテルリンク。今月入ってきた」

松倉は細かい作業が得意ではない。天地印を押すのは嫌がっていたが、いまやっているポスター貼りも好きであろうはずがない。さっそく手を止めて振り返っている。

『青い鳥』は文庫版で、堀口大學《ほりぐちだいがく》の訳だった。松倉は僕が持つ文庫本をやけにじろじろと見て、唸った。

「この図書室には『青い鳥』すらなかったのか」

「先月は『東方見聞録』が入ってきたからなあ。有名な本だからって、入ってるかどうかは別問題ってことだろ」

「それにしたって不甲斐ない。過去、誰も文化祭で『青い鳥』をやろうと思わなかったのか？」

なるほど。そこで文化祭を持ち出してくるとは思わなかった。僕は『青い鳥』を持ち直し、まず天に印を押す。

「いたかもしれない。でもそいつは図書室じゃなく、本屋に向かったんじゃないか」

「なぜ」

「ここにはないだろう、と思って」

さすがに松倉と言うべきか、はじめは少し怪訝《けげん》そうな顔をしていたが、すぐににやりとした。

「つまり青い鳥を探しに行ったのか」

「最初に向かったのは……どこだっけ」

「知らん。読んでない。大きい穴をどこまでも落ちていくんじゃなかったか」

僕も読んでいない。つまり僕たちに、この図書室にメーテルリンクが入っていなかったことを嘆く資格はたぶんない。見ると、植田がやっぱり冷ややかな目をしていた。終わってしまった読書会のポスターを雑に剝がしながら、松倉が言う。

「今日見たのは緑の鳥だったな」

ひねった冗談かと思ってどう答えたものか迷ったが、どうやら言葉通りだったらしい。

「四時間目に飛び込んできたんだよ」

「教室に？」

「ああ。暑いからな。誰かが窓を開けていたんだ」

風はないから、涼しくはならなかっただろう。

「鳥が飛び込んできたんだけど、俺、うとうとしてて気づかなかったんだよな。なんか教室が騒がしいと思って目を開けたら、びっくりだ」

「鳥がいた？」

「目の前にな。それで、悪気はなかったんだが……」

ふと、松倉が苦い顔になる。

「どうした」

「思いっきり、振り払った。ああいう野生生物には、人間の拳なんてそうそう当たらないと思っていたけどなあ」

その口ぶりからすると、どうも手ひどく命中したらしい。

「叩き落としたのか」

松倉はかぶりを振った。

「いや。そうなるかと思ったけど、ばたばた羽ばたいて立て直して、廊下に飛んでいったよ」

それが緑の鳥だったそうだ。このあたりにいる野生の鳥で緑色なら、そいつはたぶんメジロだったのだろう。青に近い色ではあるけれど、捕まえても別に幸せになれるわけではない。

「ひどいことしますね」

率直な感想を言う植田に、松倉はわざとらしく肩をすくめて見せた。

「悪気はなかったって言ったろ。さて、こいつを貼ったら俺の仕事は終わりだ。腹も減ったし用事もあるし、先に行くぞ」

そう言って、松倉は最後のポスターを広げる。奇《く》しくもそれは、野鳥観察会を告知するポスターだった。腹が減ったという松倉の言い分は、実に当を得ている。僕も手早く終わらせようと、『青い鳥』の地にも、印を押していく。

2

土日を経た月曜日、準備は万全というほどではなく、まるで足りないというほどでもなく、期末テストが始まった。前日はよく眠れた。すっきりとした頭で、僕は学校に向かう。

その日、学校は朝からどことなく騒然としていた。昇降口のそばには教師が立って、「早く入れよ」と急《せ》かしている。こんなことはいままでなかったはずだ。教室に入ると、テスト日程が書かれた黒板の前で、数人がたむろしてなにか噂話をしている。近くを通るとき、それとなく聞き耳を立てると、

「盗まれたんだってよ」

と穏やかでない単語が聞こえてきた。仲のいいクラスメートではなかったから「なにが」とも訊けず、なんだろうと首を傾げている内に予鈴が鳴る。

テストそのものには、特に変わったことはなかった。初日のテスト科目は現代文、化学、倫理の三つで、それぞれまあこんなところだろうという手応えがあった。金曜日に残業して図書室の用事は済ませているので、テストが終われば居残る理由はない。さっさと引き上げようと思っていたところ、校内放送がかかった。

『二年六組、植田昇。いますぐ生徒指導室に来なさい。繰り返す。二年六組、植田昇。いますぐ生徒指導室に来なさい』

植田の兄貴だ。

この時点では、僕はその放送と朝の不穏な雰囲気とを結びつけて考えてはいなかった。両者に関連があるとわかったのは、期末テスト二日目、火曜日の放課後だ。

二日目のテスト科目は数学Bと政治経済、古典だった。古典で不本意なミスをしてしまったことに気づいてなんとなくむっつりとしながら帰り支度をしていたところ、クラスメートに声をかけられた。

「堀川。後輩が来てるぞ」

その視線の先を追うと、教室の引き戸の前に植田登が立っていた。目が合うと植田は、呼吸の際にあごが揺れただけかと思うほど浅く、会釈をした。

「こんなときにすいません。少し相談に乗ってもらいたいんですけど、あんまりひとに話を聞かれないところを知りませんか」

知るも知らないも、その条件にもっともよく当てはまる場所は植田も知っているはずだ。下校する制服の群れの中、僕たちは図書室へと向かう。入るためにはもちろん鍵が必要で、建て前上テスト期間中それは貸し出されないけれど、我が校の司書先生はそういうことにこだわらない人だ。図書準備室を訪ねて貸してくれと言えば、なにも訊かずに貸してくれると見込んでいた。

　ところが実際には、鍵を借りるまでもなかった。図書室には閉室中の札が下がっていたが、念のため引き戸に手を掛けてみると、軽い抵抗と共にドアが開いたのだ。カウンターの内側にいた男子が、こちらを見て溜め息をつく。

「……ああ、堀川か」

　松倉だった。ほかの生徒に見られると面倒だ。中に入り、後ろ手にドアを閉める。

「なにしてるんだ」

「図書室だよりのコラムを考えてた。ここならなにかネタが見つかるんじゃないかと思ってな」

「テスト中に余裕だな」

　松倉は彫りの深い顔に笑みを浮かべた。

「余裕なんだよ」

　そして植田に目を向ける。

「どうした植田。また勉強か」

　人のいないところで話をしたいと言っていたのに、松倉とはいえ、先客がいたことになる。大丈夫かと思い目配せすると、植田ははっきり頷いた。

「松倉先輩にも聞いてほしいです」

「なんだ、内緒話か。言ってみろよ」

そう促されると植田は小さく頷き、単刀直入に言った。

「はい。実は、兄がテスト問題を盗もうとしたと疑われています」

「七月六日だから、つまり先週の金曜日、学校に侵入した人がいたそうです。職員室の前の窓が割られていました。これは知ってましたよね？」

僕は知らなかった。が、松倉は知っていた。

「らしいな」

「それで、生徒指導部の横瀬《よこせ》先生が犯人はテスト問題を盗もうとしたに違いないと言い出しました」

ちょっと待てと言いたくなった。が、いちおう最後まで聞こうと言葉を呑み込む。

「その上、先生は兄が犯人ではないかと疑っています。ご存じの通り兄はこれまでも問題行動が多かったため、釈明できなければ退学もあり得ると強く言われたそうです。この忙しいさなかに……いえ、まあ、とにかくそんなわけで、いまとても困っているんですよ」

今度こそ、

「ちょっと待て」

「なんですか」

　真面目に話す気にもなれない。僕の声には笑いが混じった。

「窓が割られたのはわかったけど、なんでそれがテスト問題を盗むためってことになって、植田の兄貴が犯人って話になるんだ。なにか裏があるんだろ？　そう疑う理由が」

「そう言われても、ぼくは知らないです」

「落ち着け堀川」

　横から松倉が止めてきた。その松倉も、半笑いだった。

「横瀬なら仕方ない。植田の兄貴の運が悪かったと思うしかない」

「名前は知ってるけど、接点がないな。どんな先生なんだ」

　松倉はふと遠い目になった。

「名探偵……かな」

　なんだそれ。

「学校で誰の仕業かわからない事態が起きると、横瀬はたちどころに生徒の一人を犯人だと見抜くんだ。義務教育九年プラス高校一年と数ヶ月、いろんな教師に出会ってきたが、ああいうタイプはほかにいなかった」

　すごい人じゃないか。生徒指導部には縁がなかったから、そんな先生がいるとは知らなかった。

最後に一言、松倉が付け加える。

「指摘になんの根拠もないってのが多少問題だ」

「大問題じゃないか」

「疑われる方が悪い、普段の行いの報いだ、潔白なら証拠を出せ、出せないならお前がやったんだ……っていう思考の持ち主だからなあ。目をつけられたらどうにもならん」

それは名探偵というか、むしろ異端審問官かなにかに近い気がする。横で植田がこくこくと頷いていた。

「そういう感じでした」

「……お前も呼び出されたのか」

「はい。うちの学校でこんなことをしそうな生徒はお前の兄しかいない、素直に言えの一点張りで、なにを言っても嘘を言うなと怒鳴られました」

言っても仕方がないことながら、僕は呟かずにはいられなかった。

「教師に向いてないんじゃないか」

カウンターの内側で椅子に座ったまま、松倉が肩をすくめる。

「裁判官をやってるよりはマシだろう。まあ、ある日いきなり分限処分くらって学校から消えたとしても、おかしいとは思わん。うちの教頭は切れるからな、横瀬がおかしいと気づいてないわけはないいんだ」

いずれにしても、僕たちに横瀬先生をどうこうできるわけではない。まさか植田の相談も、横瀬を闇討ちしてくれという話ではないだろう。ぎしりと音を立てながら、松倉が椅子の背もたれに体を預ける。

「兄貴が横瀬に疑われ、お前も目をつけられている、と。気の毒なことだが、それで俺たちになにをして欲しいんだ？」

「はい」

意気込みが植田の顔に出る。

「疑うというほどじゃないんですが、実はぼくもちょっと不思議に思っていることがあって……金曜日、兄は行き先を言わずに出かけて、夜十時ぐらいまで帰ってこなかったんです」

「夜遊びぐらい、別に珍しくもないだろう」

「そうなんですが……。その夜のことを兄は、横瀬先生にも、ぼくにも親にも話さないんですよ」

ふむ。

「心配だからなにをしていたのか教えてくれと言っても、証拠はあるから大丈夫だ、としか言わなくて、そのまま出て行って帰ってきたのは今朝ですよ。いまさらテストの心配はしませんが、なにしろ兄のことだから、横瀬先生のやり方が気に入らないって理由で意地を張ってるうちに、取り返しのつかないことになりそうで、怖いんです」

「テストに集中できない？」

松倉が混ぜっ返す。植田は嫌な顔もせず、頷いた。

「正直言って、そうです。それで誰かに相談できないかって思って、堀川先輩を思いつきました。先輩は、ほら、面倒見がいいし」

植田が僕に向き直り、今度はしっかり頭を下げる。

「テスト期間中にすみません。でも、もしお願いできたら……兄の無実の証拠を見つけてくれませんか。部屋にあるはずなんですが、どうしても見つけられなくて。証拠っていうのがなんなのかわかれば、いざというときに兄を弁護できるし……」

少し言葉を切って、しぼんだ声で続ける。

「親にも、安心してって言えるから。とにかく親が心配してるんです。せっかくいい高校に入れたのに退学なんてことになったらもったいない……なんて言って、見るからにしょんぼりしてます。ぼくは正直、言いがかりレベルで兄を狙い撃ちにした横瀬先生よりも、親になにも話そうとしない兄の方に腹が立ってるぐらいです」

普段はちょっと皮肉めいてはいても笑みを絶やさない植田が、このときばかりは重荷を背負っているような顔をした。話を聞けば、気持ちはわからなくもない。ただ、

「それはつまり、お前の家に行って家捜《やさが》ししてくれってことか」

「ええ、まあ……平たく言えば」

たじろぎながらも、そう認める。それって犯罪じゃないのか、と不安になるけれど、まあ家の人がいいと言っているならいいのだろう。

「僕だけに任せるなよ。お前も立ち会うんだぞ」

そう念を押すと、植田はぱっと顔を上げた。

「来てくれますか」

「行ってやるよ。いまからか？」

「出来れば」

3

テストは午前中で終わったので、昼はもちろん食べていない。それぞれ適当に済ませて、二時に駅前に再集合という話になった。家に帰ってから出直すには少し時間が足りないので、駅前の立ち食いソバ屋に行くことにする。

学校から駅までは、歩いてだいたい二十分ほどかかる。駅前への道中で、

「それにしても」

と、隣を歩く松倉に話しかけた。

「松倉も行くとは思わなかったよ」

さっき植田から頼み事をされたとき、松倉は自分も相談に乗ると言い出したのだ。植田は素直に感激していたが、僕は意外だった。松倉は、こういう得体の知れない話が嫌いなはずなのに。

松倉はぼんやり前を見たまま答えた。

「可愛い後輩が勉強も手に付かないほど悩んでいるんだ。先輩としちゃ、出来るだけのことはしてやりたくなるさ」

あまりに嘘っぽくて、言うべき言葉を思いつかない。赤信号で立ち止まって、別のことを訊いた。

「事件のことはどれぐらい知ってる?」

僕は耳が早い方ではない。松倉も、あまり積極的にクラスの噂話に加わっていく方ではないと思う。案の定、

「さあ。あんまり知らん」

と返ってきた。信号が変わり、堰《せ》き止められた車の前をのんびりと歩く。返答が一言だけでは気が引けたのか、横断歩道を渡りきったあたりで松倉が付け加える。

「窓が割られたのは金曜の夜だったらしい。防犯装置が働いて警備会社が駆けつけたが、犯人は見つからなかった」

「テスト問題を盗もうとしたっていう横瀬の考えの根拠は、完全に勘だけなのかな」

「いや、そうじゃないだろう。お前、現場は見てないのか。割られたのは職員室のそばの窓だ」

校舎を思い浮かべる。職員室は一階にあり、僕が登校の際に通るルートからは、多少斜めの角度に見える。見づらいが、見えないわけではない。窓が割られていたなら、気づいてもよさそうなものだけれど。

いや待て。松倉は「職員室の窓」ではなく、「職員室のそばの窓」と言った。

「そばって言うと、正確にはどこだったんだ」

「職員室前の廊下。ブルーシート張られてるぞ」

なるほど。僕の通学路から見えるのは、あくまで職員室の窓だ。職員室前の廊下となれば、当然校舎の反対側に当たるので見えはしない。

「詳しいな」

「見に行ったんだよ」

意外と物見高い。明日のテストが終わったら、僕も見に行ってみようかと思う。

平日昼間の街を歩く。駅前のアーケード商店街はがらんとして人通りも少なく、売り声もなくなんとなく物寂しい。

夏休みや冬休みは休日という意識なので、たとえカレンダー上で平日だったとしても街歩きに特別な感じはしない。それがテスト期間中となると、なぜか少し後ろめたい。いるべきではない場所にいるような、もっと言えば、学校をさぼっているような気がしてしまう。たぶん、スーツ姿の男性や買い物途中の主婦らしき通行人が、ちらちらと疑わしげな目を向けてくるからだろう。

会話には応じてくれるけれど、松倉はなんとなく上の空だ。考え事をしているのだろうと思って放っておいたら、駅が見えてきたあたりでぽつりと呟いた。

「それにしても、無理筋だよなあ」

「なにが」

松倉は眉を寄せている。

「テスト問題を盗もうとした、っていう疑いが。横瀬が学生だったころは知らんが、今時そんなことするやつはいないだろ」

「まあ、なあ。古い感じはするね」

相槌《あいづち》を打つけれど、思うところもある。

「だけど、植田の兄貴も今時じゃない。噂じゃ、煙草《たばこ》吸ってバイク乗って喧嘩して停学の不良くんだ」

「たしかに。ただ、イメージだけの話でもないいんだよ」

松倉は浅く溜め息をついた。

「窓を割って廊下に侵入しても、職員室のドアには鍵がかかってる。それが壊されたって話は聞いてないし、実際、ドアは別に壊れてなかったと思う。仮に鍵を突破しても、だ。問題用紙を見つけられるか？」

言われてみれば、もし自分がテスト問題を見ようと学校に侵入したとしても、どこを探せばいいのか見当も付かない。ただ、

「それでも窓が割られたことは事実なんだ。動機はどうであれ、学校の窓ガラスを割りそうな生徒が植田の兄貴ぐらいしか思いつかなかったんじゃないか」

「そんなところだろうけどよ……くそっ」

吐き捨てるように松倉が毒づく。その怒りは、義憤だろうか。気持ちはわからないでもないけれど。ふっと短く息を吐くとなにか吹っ切れたようで、松倉は僕の肩をぽんと叩いた。

「まあ、覚悟しておけよ。金曜日に植田の兄貴がなにをしたのか知らないが、他人のアリバイなんてそう見つかるとは思えん」

こいつらしくもない。

「そりゃそうだ。要するに、あれだろ。家族のためにやれるだけのことはやったっていう、植田の自己満足のための儀式みたいなもんじゃないか。適当に付き合ってやるつもりだよ」

松倉は大きく目を見開いた。

「なんだ堀川、ずいぶん大人なことを言うじゃないか」

「少年はいつか大人になるんだ」

「大人は学生にソバの一杯ぐらいおごれるよな」

「ふざけんなよ」


約束通り、二時に植田と合流する。植田も外で食べたのか、あるいはなにも食べなかったのか、制服姿のまま変わっていない。駅からは十分ほど歩いた。

植田の家は二階建てのアパートだった。屋根は色褪《いろあ》せたピンクで外壁はクリーム色、外廊下には手すりがついているけれど、そこに塗られた白ペンキは経年劣化が激しく、ところどころ剝がれて錆《さび》が見えている。

「おんぼろですみません」

なぜか謝られた。

二階の角部屋に案内される。「狭いですよ」と言われた玄関は、傘立てが置いてあるせいもあってか、なるほど狭い。元からあったサンダルに加えて三人が靴を脱ぐと、それだけでみっしりと埋まってしまった。

「お邪魔します」

と断って、合板の床に上がる。

家にはそれぞれ匂いがある。自分の家の匂いは、決してかぐわしいものではなくても、なんとはなしに落ち着くものだ。植田の家は、カレーの匂いがした。昨日の献立がたちどころにわかる。

きょろきょろと見まわしてしまう。玄関を上がってすぐの空間は、台所になっていた。食器棚とダイニングテーブルが置かれていて、テーブルには炊飯器、電子レンジなどが並んでいる。一見して、やたらと窮屈な台所だ。

しかしいくらなんでも、生活家電だけでこれほど台所が狭くなるだろうか。そう思ってよく見ると、壁際になにか、大きなものがあった。茶色い布がかけられている。奥行きはないが、幅が広く、布からはみ出してフットペダルが覗いていた。ピアノにしては小さいから、エレクトーンだろう。よく見ると、どこにも繋がっていない電源コードが床で埃をかぶっていた。

「さっそくですけど、ぼくらの部屋はこっちです」

玄関を背にして、正面と左手に襖がある。植田は左の襖を開けて、僕たちを招いた。

部屋は六畳の畳敷きだった。棚つきの勉強机が二脚、部屋の真ん中に向かい合わせで置いてある。植田と植田の兄貴がひとつの部屋を二人で使っているという話は本当らしい。なるほど、これでは図書室で勉強したくなるのもわかる。

大物家具が中央に来ているせいで、この部屋もやたらと狭く見える。ただ、真ん中に机を置く理由もわかる気がした。背の高い棚が目隠しになっているのだ。これがなければ植田と植田の兄貴はこの部屋でずっとお互いの姿が目に入ることになり、それはやはり嫌だろう。

ほかには小さな本棚がひとつ、小さな衣装ケースがふたつあった。ちらりと本棚を見ると、『ライオンと魔女』に『はてしない物語』、『タイタス・グローン』、『メルニボネの皇子』と、ファンタジーばかりで埋まっているが、これが植田の趣味だろうか。

部屋の隅に布団が畳んである。植田のものらしい方はきっちりと、兄貴のものらしい方は乱雑に。両方とも、畳んだ上に枕を置いている。壁の長押《なげし》にはフックがねじ込まれていて、いまそこには学校の制服が吊してある。また、植田の兄貴のものだろう勉強机の横には、黒い鞄が立てかけてあった。つまり、植田の兄は一度帰宅したらしい。

などと目を走らせていたら、

「堀川。思ったより図太いな」

と突然言われた。

「なんだ、藪《やぶ》から棒に」

松倉は少し視線を外し、居心地悪そうに首をねじっている。見ると、まだ敷居をまたいでいない。

「わかってて来たつもりだけどな。やっぱり、他人の部屋に勝手に上がり込むのは抵抗がある」

もしここが植田の兄だけの部屋だったら、僕もやはりためらったに違いない。しかし実際は植田兄弟が二人で使っている部屋で、植田登が部屋に招き入れてくれたのだからなにも遠慮することはない……と、思う。そういった諸々の思いを、

「乗りかかった船だ」

の一言でまとめると、松倉は苦笑いした。

「ま、そうだな」

一歩踏み出して、部屋に入って来る。そして松倉はくるりと後ろを振り向いて、植田に訊いた。

「兄貴はどうしたんだ？　帰ってきて鉢合わせなんてのは嫌だ」

植田の表情が、なんとなく醒《さ》めた気がする。

「兄は、アルバイトに行きました。九時まで帰りません」

「九時か。テスト期間中に、ずいぶん遅いな」

「そういう人ですから」

疑うわけじゃないけれど、ここは慎重を期した方がいい。僕も念を押す。

「それは本人から聞いただけ？　それだと、いきなり帰ってくることもあり得るけど」

植田は少し、むっとしたようだ。

「ライブハウスの手伝いです。中に入ったことはないけど、兄が働いてるところは見たことがあります。ビールケースを運んでました」

松倉がにやりとした。

「ふうん。ライブハウスね。どこかで見かけるかもしれんな」

僕はそういう場所には行かないので、見かけることもないだろう。

それはさておき、植田の頼み事は金曜に植田の兄貴がなにをしたかを探り、犯行現場にはいなかったことを証明することだ。彼は証拠はあると言っていたそうだが、それを捜すにしても、もうひとつ知るべきことがある。

「で、何時のアリバイを知りたいの?」

「あ、はい。いまから話そうと思ってました」

記憶を辿るように、ゆっくりと植田は話し出す。

「金曜日の夕方、最後の先生が学校を出たのが七時ごろだったそうです。窓が割れているのが見つかったのは土曜日の朝、休日出勤で出てきた先生が見つけたと聞きました」

「それはお前の兄貴が横瀬から聞いた内容だな」

「はい。でも、嘘っぽいところはないと思いますが」

僕もそこは疑っていない。ただ、いちおう情報の出所を訊いただけだ。

うんざりした顔で、松倉がぼやく。

「するとなにか。金曜の七時から翌朝まで、丸々アリバイを証明しなきゃいけないのか。長いな」

「そうじゃないだろ。当日は十時に帰ってきてるんだから、七時から十時までだ」

しかし植田は軽く手を振った。

「話はまだ途中ですよ。それで土曜の朝に割れた窓の検分をしているとき、ご近所の方が来て、ガラスが割られるところを見たと言ったそうです」

横から見ていてわかるほど、松倉の表情がぴりりと引き締まった。

「見たのか」

「だそうです。背の高い男子だったって言ったそうです。横瀬先生は、それも兄を疑う理由にしたそうで……」

一瞬、全員が黙ってしまった。うちの高校は共学なので、生徒のおよそ半分は男子だ。その半分は、平均よりも背が高い。いまこの部屋にいる三人が並べば、「背の高い男子」に見えないのは植田だけだろう。

咳払いして気を取り直す。

「あー。それで、時刻がわかってるのか」

植田はほっとしたように頷いた。

「はい。七時半ごろだったそうです」

「ふうん」

いまは七月上旬で、日はかなり長い。はっきり憶えている訳じゃないけれど、日没時刻は七時ぐらいだったはず。七時半なら薄暗かっただろう。

「ありがたいじゃないか。犯行が七時半だと絞れているなら、アリバイ探しも案外上手くいくかもしれない」

いつものことだけれど、松倉は楽観的ではない。

「どうかな。金曜の夜の行動をもう少し聞いてからでないと、なんとも言えん。十時に帰る以前のことは、なにかわかってないのか」

植田は頷いた。

「それも、話そうと思ってました。実は金曜の夕方、兄から電話をもらっています」

「ほう」

「帰りが遅くなるっていう電話です。そして、これが気になっているんですが……。話してる間に、電話の向こうで発車ベルが鳴り始めました。発車メロディに聞き憶えがあったので、北八王子市駅で間違いないと思います。それからすぐ、もう乗るからって言って電話が切れたんです」

僕と松倉は顔を見合わせ、そしてほぼ同時に訊いた。

「何時だ？」

「正確には憶えてないです」

「携帯電話で受けたんじゃないのか」

「そうです。……あっ」

しっかりしているようで、間が抜けている。携帯で受けたのに、着信履歴が残っていることに気づいていなかったらしい。いそいそとポケットから携帯を取り出している。

「ええと、金曜日の、十七時六分にかかってきてますね」

時刻がひとつわかったのは運がいい。ただ、ふと疑問に思う。

「いつもそんなふうに、帰りの時間を兄弟で連絡しあってるのか？」

もし先週の金曜に限ってということだったら、そこにはなにかの作為があるかもしれない。そう思って訊いたのだけれど、植田はあっさりと言った。

「いつもじゃないですけど、家事を分担してるので、出来ないときはお互い連絡します。メールのときが多いですけど、電話も時々は」

それなら、弟に電話をしたこと自体はそれほど不審でもないわけだ。

「わかった。それ以降、兄貴から連絡は？」

「ありませんでした」

「ちょっと待て」

鞄からノートとペンケースを取り出す。一ページ破り取って、僕はシャープペンを走らせる。
「つまり、こういうことだな」

七月六日（金）
十七時六分　植田昇　北八王子市駅から電話
十九時半　窓ガラスが割られる
二十二時　植田昇　帰宅
注意：駅から学校までは徒歩二十分

これからいろいろ書き込んでいくことになるだろうから、余白は多めに取ってある。金曜日は午前中で授業が終わっているので、学校が終わった時刻は考えなくてもいい。
植田がメモを確認する間に、松倉は自分の携帯でなにやら調べ物をしていた。それが終わったのか、携帯をポケットに戻すと、人差し指で僕のシャープペンを指す。渡してやると、さっそくメモに二行が追加された。

十七時六分　中央線上り発

十九時一分　日没

中央線上りというだけでは、行き先には見当もつかない。ただ少なくとも、通話履歴に符合する電車が出ていることで、電話越しに聞こえた発車ベルは信じられるということがわかった。

「中央線の上りで行く場所に心あたりはないか？」

松倉が訊き、植田は首を傾げる。

「新宿に行くことは多いみたいですけど、ライブハウスは吉祥寺《きちじょうじ》とか高円寺《こうえんじ》のも行ってるみたいだし……。特にどこっていうことは知らないです」

やはり難しいか。

もうひとつだけ、訊いておく。

「あのさ。お前の兄貴の無実を証明するなにかがこの家にあるとして、それがほかの部屋じゃなくこの部屋にあると考えてるのは、なにか理由があるのか」

植田は少し考えた。

「……まず、兄はあまり居間に来ないし、親の部屋には絶対に行かないです」

「ん、このアパートはそうすると、三部屋あるのか。玄関からは二部屋しか見えなかったが」

「はい。親の部屋は、居間の続き間なんで」

そう言って、自分の考えを確かめるように、ゆっくりと付け加える。

「だから、兄の持ち物はほとんど全部この部屋にあるはずです……。兄は、証拠はあると言っていたし……」

植田はふと、いま初めて気づいたというような顔をした。

「でも結局、ここにあると、ぼくが信じたいだけだっていう気がしてきました」

そんなことだろうとは思っていた。

そうあってほしいという願望だけで僕たちを招いた植田に、しかし松倉は優しかった。

植田の肩をぽんぽんと叩く。

「俺もここにあってほしいと思うよ」

これで、聞くべきことはだいたい聞いたと思う。僕と松倉は、改めて六畳間を見渡し、どちらからともなく言った。

「じゃ。始めようか」

「さっさと済ませようぜ」

4

入ってきた襖のある側の壁に、大きな絵が二枚飾られている。一枚には、灰色の背景で横笛を吹く帽子の男の子が、もう一枚にはうちわが乱れ舞う背景で赤い着物を着て踊る金髪の女性が描かれている。どちらも見たことがある絵だ。

そしてただの絵ではなく、ジグソーパズルだった。二枚とも縦長で、縦の長さは一メートルはあるだろう。

「三千ピース級か」

松倉が訊くと、植田の屈託が拭ったように消えて、実に嬉しそうに笑った。

「そうです」

「すごいな。お前が作ったのか」

「去年、はまったんです。けっこうストレス解消にいいですよ」

いま高校一年の植田にとって、去年は受験の年だったはずだ。こんなものを作っていてうちの高校に合格したなら、植田の成績がいいというのは嘘ではなさそうだ。

つくづく絵を見ながら、

「知ってる絵だ」

と言うと、松倉がまず笛を吹く男の子の絵を指さした。

「マネ」

次に赤い着物の絵を指して、

「モネ」

「本当か」

「本当だ。逆だったかもしれん」

極めて疑わしいじゃないか。名画鑑賞はほどほどにして、本丸に挑む。

植田の兄の私物があるのは、ざっと見た範囲、勉強机とその周囲に限られている。この部屋には押し入れやクローゼットもないので、見えない場所に収納があるということもないだろう。もしかしたら別の部屋に私物を置ける場所があるのかもしれないが、植田からの頼みは「この部屋で」捜すことなので、まあそこまでは面倒見切れない。

一番散らかっているのは、机の上だ。ノートや教科書、音楽雑誌にＣＤなど、脈絡もなく散らばっている。ただ、物の数はそれほど多くはなかった。積み重なってはいないので、ざっと見て全体を把握できる程度に収まっている。

その机の隅に、葉書を見つけた。今年の年賀状だ。七月になるまで机に出しっぱなしとは、

「なかなかやるな」

思わず、そう感嘆してしまう。僕も部屋は片づいている方じゃないが、さすがに年賀状ぐらいは片づけた。

「引き出しの中は特に集中的に捜しました。それらしいものはなかったです」

とのことなので、取りあえず机の上だけに焦点を絞る。

松倉は首をひねっている。

「望みは薄いな。時間が関わりそうなものは、そこの雑誌ぐらいか。最新号だ」

「金曜の七時半前後に市外に一冊だけ入荷して、即座に売れたのがこれだとしたら、アリバイになる」

「すげえな」

とりつく島もなく言うと、それでも念のためということなのか、松倉は雑誌をめくり始める。ロックを扱った雑誌で、誌面にはテレビでは見たこともない歌手たちが次々に現われるが、特になにかが挟まっているということはなかった。

「なにかあればと思ったけどな」

「植田の兄貴は証拠はあるって言ったんだろう。大事な証拠だったら、雑誌に挟んだりはしないんじゃないか」

「そうか？　かえってなくならないもんだぞ、挟んでおくと」

言いながら、松倉の視線は勉強机の横のゴミ箱に向いている。焦げ茶色のゴミ箱で、スーパーのレジ袋を内袋にしてあり、中にはちり紙やチラシ、それにアイスの包装フィルムが見えている。松倉の目に僕は躊躇《ちゅうちょ》を読み取った。たしかに、ゴミを調べるのはプライバシーに踏み込みすぎという気もする。

証拠品がゴミ箱に捨てられたとは思えないけれど、植田がいくら捜しても証拠とやらを見つけられなかったことを考えると、なにかの拍子で落ちたということもあり得る。

松倉がやたらとゴミ箱を気にしているので、見かねて僕が植田に言った。

「植田。そのゴミ箱の中身を最後に片づけたのはいつだ？」

「さあ……。あんまり使わないんで、一週間ぐらいは前だと思いますが」

「それはよかった。中身を調べてくれ」

「えっ。ぼくがですか」

と不平を言いはしたものの、植田はさほど嫌がることもなくゴミ箱に手を突っ込む。

数分後、どこから見てもゴミでしかないものを除いて、日時に関係するものは二つ見つかった。

「レシートが二枚か」

皺《しわ》くちゃのそれらを指で伸ばし、松倉が呟く。

片方はコンビニで買ったアイスのレシートだった。買ったのは昨日、月曜日。つまりこれは事件とは関係ない。もう片方は、ちょっと気になった。

「これはお前が？」

そう訊くと、植田は首を横に振った。それなら植田の兄のもので間違いない。

レシートは駅前の新古書店「せどりん　北八王子市駅前店」のもので、買い物の内容は「マンガ　アイゾウバン」が四冊。一冊あたり二百五十円だ。そして、日時は金曜日の十六時二十分と記されている。

　思わず唸った。

「当日の記録か。惜しいと言えば惜しいけどなあ。時刻が違いすぎてアリバイにはならない」

「仮に植田の兄貴が犯人だとして、直前に漫画を買うってのは少し妙だが」

　僕はなにかを振りかぶって叩きつけるような動作をした。

「そいつで窓ガラスを割った、とか」

「割れねえよ」

　僕は肩をすくめる。人の冗談ににこりともせず、松倉は難しい顔でレシートを睨んでいる。

「愛蔵版の漫画を四冊、か。これ、なんて漫画かわからんかな」

「電話して訊いてみるか？」

「そうだな……」

　しばらく天井を仰ぎ、それから松倉は首を横に振った。

「いや。レシートで『マンガ　アイゾウバン』なら、個々の商品を管理してるか怪しいもんだ。仮に管理していたとしても、一介の学生じゃ教えてもらえないな」

そうだろうと思う。ただ、どうしてアリバイに関係のない漫画の中身を気にしているのかがわからない。いまどき珍しい不良くんの読書傾向にでも興味があるのだろうか。

やがて松倉も諦めたのか、そのレシートを投げ出した。

「まあ、こいつは置いておこう」

とにかく、これで机とゴミ箱は捜した。しかしまだ大物が残っている。勉強机に立てかけてある、植田の兄の鞄だ。黒いブリーフケース型で、素材はナイロンらしいが、角と持ち手だけは革で出来ている。持ち手と本体は光沢のある金具で繋がっていた。僕と松倉は、二人でそれを見ている。

「お前の兄貴は金曜日、いったん家に帰ってから出かけたのか」

植田は眉を寄せて考え込む。

「……帰ってないと思います。帰ったのなら、途中で買い物だけはしてきたと思うし」

「十時に帰ってきた時の服装と持ち物は」

「あ、制服でした。持ち物は、その鞄です。ぼくもいちおう、見ましたが……」

自信がなさそうだ。松倉が溜め息をつく。

「開けたほうがよさそうだな」

「これも植田にやらせよう」

意見が一致したので、植田の兄の鞄は植田が開けることになった。発起人として、罪は背負えるだけ背負ってもらおう。

兄の鞄の中身を取り出すのは、二度目であっても躊躇することだったようだ。冷たいものにでも触るように指先ばかり使って、それでもいろいろなものが出てくる。

勉強に関わるものは筆記具だけだった。テスト期間中なので筆記具さえあればいいというのは間違いないけれど、テスト前に教科書を見直したりもしないらしい。ほか、埃の塊やガムの包み紙などに加えて、いくつか注意を惹くものが出てきた。

まずは、パチンコ店の新台入替の広告が入った、ポケットティッシュ。知らないバンドのライブを告知するチラシ。小銭が百二十一円。ビニール製の、スポイトのようなもの。そして、「家内安全」のお守りがあった。

ひとつひとつ見ていく。

まずはポケットティッシュ。挟まっていた広告には、四月二日に新台入替をすると書かれている。つまりだいぶ古いものだ。その証拠にずいぶんよれよれだし、湿気を吸ってふくらんでいるようにも見える。チラシも、そこに書かれたライブは二週間前の日曜日に終わっている。つまり、どちらも先週の金曜のアリバイには一切関係ない。なにか走り書きでもないかと思って電灯の明かりの下でよく見てみたけれど、そうした跡は残っていなかった。

小銭は、まあ、小銭だ。スポイトは、目薬のようにも見えるけれど、なんだかよくわからない。弁当に入っている魚形の醤油《しょうゆ》入れに似ていないこともない。容器は緑色で、文字が書かれたシールが貼ってあり、中には液体が入っている。

「なんだこれ」

僕がそう呟くと、松倉は容器をひょいと取り上げ、ねじ式の蓋を外した。そしてゆっくりとした動きで植田の右手を取ると、ごく自然な動きで容器の中身を一滴、植田の手の甲に落とす。妙に可愛い悲鳴を上げて飛びすさる植田に、

「なにか起きたか？」

と訊いている。さすがにひどい。

植田は泣きそうな顔をしていたけれど、気を取り直したのか自分の右手をまじまじと見て、それから液体がかかった部分を左手の人差し指で撫でた。

「なんともないです。匂いは……少し、あるような」

「ぬめりとかは」

「ないです。これなんですか」

松倉は容器を、僕に向かって投げた。慌てて両手で受け取る。

「なんだかよくわからんが、英語が書いてある」

見ればたしかに、シールには全部大文字で「ＬＯＮＧ　ＬＩＦＥＲ」と書かれていた。

あやしい。植田の兄貴は不老不死の薬でも研究しているのだろうか。

裏には注意書きがあった。

「原液が皮膚についた場合はすぐに洗い流すこと」

再び悲鳴を上げ、植田は部屋を飛び出した。

「さて、こっちは、と」

もうスポイトから興味が移ったようで、松倉はお守りを手にしている。

「八幡宮《はちまんぐう》だ。家内安全もやってるんだな」

「冷やし中華みたいに言うなよ」

「これ、新しいな。白い布で出来てるのに汚れてない」

たしかに言われてみれば、ポケットティッシュのくたびれ具合に比べると、汚れも傷みもほとんどない。これは、小銭とは別のサイドポケットに入っていた。

「ふうん」

アリバイに絡むものは見つからない。少なくとも、日時を示唆するものは一切なかった。ほかに見るべき場所があるだろうか。この六畳間の、その半分の中に？

僕にはもう一ヶ所だけ、もしかしたらと思う場所があった。壁際に吊された制服を見つめる。

「……松倉。植田の兄貴は昨夜も夜遊びしてたんだよな」

「そう言っていたな」

「制服のままだったと思うか」

松倉は首をひねった。

「制服のまま夜の街をうろつけば人目につく。補導のリスクは上がるが、それでも敢《あ》えて制服でってやつも見ないことはない。どうしてだ？」

あるいは、だけれども。

「昨夜植田の兄貴が制服で出かけたとすると、植田にはこいつを調べるタイミングがなかったんじゃないかと思ってな」

にやりとして、松倉は親指を立てた。

「もっともだ」

季節柄、シャツは洗濯に出しただろうが、パンツはそのままの可能性がある。

我ながら不思議なことに、ゴミ箱や鞄を漁《あさ》るときはどうも悪い気がして植田にやらせたのに、パンツのポケットを探ることにはさほど罪悪感を覚えなかった。ハンガーに吊したまま、ポケットに手を入れる。

手を拭きながら植田が戻って来る。

「なにかありましたか」

「……ない。いや、待て、あるぞ」

出てきたのは、少し皺が寄った紙切れだった。大きく「サービス券」と書いてある。見せてくれと松倉が言うので、植田の机に置いて三人で覗き込む。文面はこうだ。

来来々軒　サービス券
・大盛り、味玉、半チャーハン、餃子《ぎょうざ》（三個）のいずれかをサービスいたします
・ランチタイムには使えません
・発行日から一ヶ月間有効です

一番下にスタンプが押してある。「有効期限8・6」。

つまり植田の兄貴は七月六日、この来来々軒という店で食事をした可能性がある。金曜日は半日授業だったから、これは昼食の可能性も高い。けれどももし夕食だったら、七時半のアリバイが成立するかもしれない。

僕たち三人は、なんとなく互いに視線を交わし合う。誰も言わないので僕が言った。

「こんな店、知ってるか」

松倉と植田が揃って首を横に振る。偶然なのだろうけれど、その動きが完全にシンクロしていて、思わず笑ってしまう。

さて。一ヶ月間有効という期限をどう考えるか。

「三十日間有効ってことなのか、それとも七月は三十一日あるんだから、三十一日間なのか」

松倉があっさりと答える。

「翌月の同日まで有効って形だろうな。一ヶ月の長さをいちいち考えなくても済むし、二月も簡単に処理できる」

「一理あるけど、来来々軒もそのシステムでやっていたかどうかはわからない」

「もちろんそうだ。最終的にはその店に電話して訊くしかない」

しかしサービス券には、その店がどこにあるのかは書かれておらず、電話番号なども見当たらない。そこで携帯を駆使し、来来々軒という店がどこにあるのか検索してみる。まず植田が取りかかったが、どうも苦戦しているようなので松倉と僕もそれぞれ自分の携帯を取り出した。六畳間で三人が三角形を作り、お互い無言で検索を続ける。

二、三分後、全員が同じ結論に辿り着く。

「出ない」

検索ワードを「北八王子市」と「来来々軒」にしても、一件もヒットしない。一方「来来々軒」だけで検索すると、日本は実に広いと感心したのだけれど、百件近くヒットした。一軒一軒電話して「このサービス券はおたくのですか」と訊く手もあるけれど、こんなサービスはどこでもやっているだろうから、電話だけで確定できる気がしない。

だいいち、ネットにすべての来来々軒が出ている保証もないのだ。

　松倉は携帯をポケットに入れると、人差し指を払うように動かした。

「植田、電話帳はあるか？　ネットに出てないだけかもしれん。いちおう調べてくれ。たぶんラーメン屋だ」

「中華料理屋じゃないんですか」

「もらえるサービスが、まず間違いなくラーメン屋のものだからな。けどまあ、両方当たってみてくれ」

　植田はすぐに部屋を出て行く。僕は訊いた。

「電話帳に出てると思うか？」

「いや、出ないだろう。この街にこんな面白い名前の店があったら、三人のうち誰かは知っていそうなもんだ」

「ということは、金曜日に植田の兄貴はほかの街に行ったのか？」

「駅にいたんだから、それは元から予想できただろ」

　言われてみればそうだった。

　あごに手を当て、松倉はじっと考え込み始めた。いつもの癖で、ぶつぶつと独り言を言い始める。

「電車に乗って、ラーメン屋に行った……。その前に『せどりん』だ。あと『ＬＯＮＧ

LIFER』と『家内安全』。全部が関係してるとは思わんが、でも、なあ」

そしてふと目線だけを僕に向けて、

「なにか気づいたことはないか」

と訊いてくる。

そう言われると、実は一つ二つ、気づいていることがないわけでもない。ただそれはアリバイには関係ないだろうと思っていたので、黙っていたのだ。植田がいないいまなら、言いやすい。

「玄関が狭かった」

「そうだったな」

「サンダルのせいで」

なんのことだと言いたげに、松倉は目を細めて眉根を寄せる。だけどさすがは松倉だ。すぐに思い当たったらしく、はっとした顔になる。

「そうだな。サンダルのせいで玄関が狭かった。もう靴は置けない」

植田が戻ってくる。

「電話帳にはありませんでした」

その言葉で我に返ったのか、松倉はくるりと振り返った。

「ご苦労だったな。ところで、個人の事情に踏み込むのはあんまり気が進まないんだが、言い出したのはお前なんだからここはひとつ諦めて、教えてほしいことがある」

なにか嫌な予感を覚えたのか、植田は「はあ」と言ったきり、敷居から近づいてこない。松倉ははっきりと、訊いた。

「植田。離れて暮らしてる家族はいないか？」

5

単身赴任を始めとして、家族が離れて暮らす事情はいくらでもある。なにも隠すようなことじゃない。なのに植田の返事は、

「なんでそんなふうに思うんですか」

だった。松倉が頭をかく。

「なんで、と訊くか。まあいいや。まずエレクトーンだ。台所が狭くて、とても弾ける状態じゃない。現に電源も繋がってなかった。それなのになぜ置いてあるのか」

「前からあったんです」

「だろうな。そしてジグソーパズル」

と、松倉は壁のパズルを手で示した。

「でかい。ということは、作る際にはもっと広いスペースを必要としたはずだ。この部

屋は夜になったら布団を二組敷くんだから、別の部屋で作ることになる。だが、台所は言わずもがな、この家で三千ピース級のパズルを広げられるか？」

植田はあっさりと認めた。

「まあ、無理ですね」

「で、最後はサンダルだ。ちょっと外に出るためのサンダルがあると、なにかと便利だよな。ただ、そのサンダルのせいで靴が三足しか置けないとなると、話は別だ。お前たち兄弟の分と、あと一足しか置けない。三部屋の割り振りは兄弟の部屋と居間と親の部屋ってことだったから、親と離れて住んでるわけじゃない。となると、親御さんの片方は、別の場所にいる」

少し間を置いて、

「合わせて考えると、たぶん、お前たちは去年までもっと広い家に住んでいた。ここに引っ越してきたのは両親が別れて、家賃が払えなくなったからじゃないのか」

靴のことは、比較的早く気づいていた。でも、僕にも松倉が話をどこに持っていこうとしているのか、見当がつかない。それは植田も同じようだった。訝しそうに、それでも訊く。

「あの、死別だってことは考えなかったんですか」

「考えたよ。ただ、今年の年賀状が机の上にあったから、去年そういうことはなかったんだろう。今年に入ってからご不幸があったのかもしれんとは思ったが、俺は別の可能性を考えていたんだ」

　松倉は、植田をまともに見た。

「邪魔な置物になっているエレクトーンを捨ててないってことは、近いうちにもう一度広い部屋に引っ越すか、三人のうちの誰かがここを出てスペースに余裕が出来る当てがあるってことじゃないのか？　復縁の見込みがあるか、でなければ……」

　そこまで聞くと、強《こわ》ばっていた植田の表情が緩んだ。苦笑いが口元に浮かび、手を上げて降参のポーズをする。

「いえまあ、隠す気はなかったんです。そうです、去年の末に、両親が別れました。兄の夜遊びが始まったのも、こっちに引っ越してからです」

　たしかに去年までは、植田昇の噂は聞かなかった。部屋が狭くなったことと夜遊びの間には関係があったのかもしれない。

「復縁はまずないと思います。母もぼくも、父のことは心底軽蔑してるんで。ただ兄は、高校を出たら父の方に行くことになってます。子供は一人ずつ半分こってわけですね。エレクトーンを捨てなかったのは、いずれ二人暮らしになると見越してのことです」

「エレクトーンを弾くのはお前か？」

「いえ、母です」

松倉は何度か頷いた。

「で、そこまで聞いた上で、先週の金曜日についての俺の想像だがな。お前の兄貴は、誰かの見舞いに行ったんだと思う」

「見舞い?」

植田は素っ頓狂な声を上げる。一方で僕は、なるほどと思うところがあった。

「漫画だろう」

漫画の愛蔵版を四冊まとめて買ったレシートが残っていたが、この部屋にはそれに相当する漫画がなかった。さっきの植田の話では、兄は居間にもあまり行かないし、親の部屋にはまず行かないとのこと。買った漫画が置かれているならこの部屋しかないだろうと思ったのに見つからないことを不思議に思っていたけれど、見舞いに持っていったと考えれば納得できる。

松倉は少し笑った。

「それもある。でもそれだけじゃない。堀川、『LONG　LIFER』をどう訳す?」

いきなり英語のテストか。

「長生きさせるもの、長持ちさせるなにか、ってところか」

「あれ、延命剤じゃないのか」

そんな漠然とした名前の薬があるものだろうか?　僕と植田がきょとんとした顔にな

ったので、よほど歯がゆかったのか、松倉は一度床を踏みならした。

「花束の延命だよ。花を長持ちさせる薬。花屋で買うと、くれるだろう！」

僕は花を買ったことがない。植田も同様だったようで、「そうなんですか」などと言っている。

「そうなんだよ、野暮なやつらめ。で、だ。愛蔵版、つまり長く読める厚い漫画を買ったのに部屋には見当たらず、花を買った痕跡はあるのに花がない。恋人でも出来て二重生活をしてるとも考えられるけど、お前の兄貴はバイト三昧《ざんまい》でそんな余裕もなさそうだ。花と漫画を持って、たぶん見舞いに行ったんだよ。それを言わなかった理由も察しがついていたが、さっきのお前の発言で確信した。お前とお袋さんが親父さんを嫌ってるから、敢えて言わなかったんだ」

「あのひとが……」

植田は呆然《ぼうぜん》として、なにか考え込んでいる。松倉は構わず先を続ける。

「まあ、見舞いに違いない、とまで言い切るつもりはないんだ。いまの話のポイントは、お前の兄貴が金曜日に会いに行った相手に目処《めど》がついた、ってところだからな。もっと言えば、俺が知りたいのは来来々軒がどこにあるか、なんだ。いくら仲が悪くても居所ぐらいは知ってるだろう。いま親父さんはどこに住んでる？」

ぼんやりとした答えが返ってくる。

「西東京市《にしとうきょう》です」

「わかった」

だいたい話の先は見えたので、僕は携帯で検索を始める。「来来々軒　西東京市」と打ち込む。

「あった」

松倉はちらりとこちらを見た。

「地図は出せるか」

「ちょっと待て」

程なく、西東京市のラーメン屋来来々軒の周辺地図が出てくる。……店の正面には病院が建っていた。

「病院、近いぞ。やるな松倉」

「それはよかった。だけど問題はここからだ。アリバイが成立するか」

言われてみればその通り。ここには植田家の事情を覗き見しに来たのではなく、植田に頼まれてこいつの兄貴のアリバイを調べに来たのだ。さっそく来来々軒に電話をかけると、二コールで相手が出た。スピーカー機能を使い、会話が松倉たちにも聞こえるようにする。

『はいー、来来々軒』

「もしもし。お仕事中すみません、そちらで大盛り無料のサービス券配ってますよね」

『あい、配ってるよ！』

「八月六日が期限のサービス券を持ってるんですが、これ配ったのって何月何日かわかりますか」

『あん？　そりゃあ、七月六日だね。次の月の日付入れてるだけだからね。それだけ？』

「あ、ええと、これってランチのときも配ってますか」

『配ってないねー、夜だけだよ。もういい？　はい、まいどー！』

　電話はあっさりと切れた。

　松倉がちょっとあきれた顔をしていた。

「……だそうだよ」

「上手く話を聞き出す策を練っていたんだが、まっすぐ訊いてまっすぐ答えてもらえるとはな。恐れ入ったよ」

　ふつうに訊くのではなく、まず策を練ろうとするのが松倉らしい。

　ともかくこれで、植田の兄貴が七月六日、西東京市に行ったことはほぼ確定した。植田が電話で聞いた発車メロディは、兄貴が北八王子市駅から出発するときのものではなく、駅に戻ってきたときのものという可能性もなくはないと疑っていたけれど、サービス券は夜しか配っていないならそれも否定される。植田の兄貴は十七時六分の電車で西東京市に行き、そこで来来々軒に行ったのだと考えていいだろう。アリバイを偽造するためサービス券を誰かに譲ってもらった可能性は僅かに残るけれど、僕たちの目的は植田が求める「証拠」を捜すことなので、その証拠を真正のものと考えるかどうかは植田の問題だ。

そうなると残る問題は、西東京市まで最短で何分かかるかということだ。

「西東京市……って、何駅だ？」

「病院の最寄り駅は田無《たなし》みたいだ。十七時六分の電車に乗った場合、所要時間は……五十八分」

松倉も携帯を駆使している。

「田無から来来々軒、というか病院まではバスで十二分と出るな。歩いてでも行けるだろう。来来々軒ではなにも食べず、かつ帰りも最短の五十八分で戻ってこられたと仮定すると……」

さっきの表に書き込んでみる。

七月六日（金）（到着と同時に電車・バスが来た、最短の場合）
十七時六分　植田昇　北八王子市駅から電話
十七時六分　中央線上り発↓五十八分

十八時四分　田無駅到着↓十二分
十八時十六分　来来々軒到着↓十二分
十八時二十八分　来来々軒から田無駅に到着↓五十八分
十九時一分　日没
十九時二十六分　北八王子市駅到着
十九時半　窓ガラスが割られる
二十二時　植田昇　帰宅
注意：駅から学校までは徒歩二十分

「なにもかも忘れて最速で行動すれば、ぎりぎりで駅までは戻ってこられるが……」

「学校まで行く時間がない」

どちらからともなく溜め息をつく。やがて松倉は来来々軒のサービス券を植田に握らせ、言った。

「七月六日発行の来来々軒のサービス券がある限り、その日の十九時半には学校にいることは出来ない。こいつがアリバイだ」

植田は手の中のサービス券を見つめて、

「そんな、兄貴が、親父に……」

と呟いている。彼にとってこの成り行きが予想外だったことはわかるけれど、松倉の話は耳に入っていただろうか？　テスト期間中の慌ただしいさなかに厄介な頼み事をしてきた割には、礼を言う素振りも見せない。テストが終わったら、少し後輩教育が必要かもしれない。そんなことを思いながら、僕と松倉は植田家を出る。

6

さすがに七月だ。外はまだ日が傾いた様子もなく、ひりつくような陽光がたちまち肌に突き刺さる。植田のアパートを後にして、僕はふと気になって振り返った。あんな小さなドアから、どうやってあのエレクトーンを入れたのだろう。

何気なくそう訊くと、松倉はたちどころに答えてくれた。

「分解できるんだよ」

「なるほど」

このあたりは道が狭い割に、車はよく通る。車線がないのに一方通行でもないようで、前後から車が来るので気が抜けない。ようやく歩道のある道に出たとき、僕は大きく伸びをした。

「ふう。なんだか疲れたな」

「俺もだ」

「これで明日もテストとはね。それでもまあ、後輩の頼みを聞けてよかったじゃないか。植田の兄貴もこれで無罪放免だろう」

「前者については、そうだな、よかった」

鞄を肩に担ぐようにして歩いていた松倉が、少し皮肉めいた口ぶりでうそぶく。

「だけど後者はどうかな」

「アリバイを見つけたじゃないか」

ちらりと、松倉が横目で僕を見る。

「見つけて、どうすると思う？」

「……どうもしないだろう。親に心配をかけないために知っておきたいだけなんだし」

「だといいが」

含みのある言い方をするじゃないか。

「違うと思うのか」

松倉は、ふっと空を見上げた。

「わからん。植田の兄貴がアリバイを立証できずに本当に退学になれば、兄貴は予定より早く父親の元に行くことになり、結果として植田の部屋は広くなって、勉強もはかどるかもしれん、とは思っている」

大きな雲の塊が、西の空から流れてくる。

「そしてもうひとつ。もし兄貴が退学になったとしたら、アリバイ探しに協力してくれた当人には、植田が証拠を握りつぶしたとばれてしまう。図書委員会の先輩なんていう微妙な繋がりのお前を選んだのは、人間関係が切れても構わない相手だったからかもしれない、とも思っている。俺に言えるのはそれぐらいだな」

たしかに、少しだけ不思議には思っていた。なぜ僕だったのか。自分一人ではどうしてもアリバイを見つけられなかったからと植田は言っていたけれど、それは僕を選ぶ理由にならない。僕は別にアリバイ探しで名を馳《は》せているわけではないし、植田と特別に親しいわけでもないのだから。

特別に親しいわけではない相手の方が、あとで関係が切れたとしてもダメージがないから……。なるほど、松倉はさすがに上手いことを考える。だけど、

「僕は、そうじゃなかったと思う。植田は本当に親を安心させたかっただけで、僕を選んだのは頼りになりそうだったからで、ラーメン屋のサービス券は元通りポケットに戻したと思う」

「そうかもしれん」

松倉はぶらりと足を蹴り出しながら、そう言った。

「いずれにしても、退学にはならないさ。いくら横瀬がいかれていても、退学ともなれ

ば大事《おおごと》だ。ほかの教師ももう少し真面目に調べるだろう」

僕たちのすぐ横を大型トラックが走り抜けていく。排気ガスと巻き上がる砂埃に、僕は思わず口元を覆った。

駅が見えてきた。帰ってテスト勉強をしなくてはならない。今日は古典で間の抜けたミスをした。明日はこういう心残りがないようにしたいものだ。ついでにもうひとつ、心残りを晴らしておく。

「そうなるといいな」

「ん？」

「植田の兄貴が退学にならないといい。もっと言えば、濡《ぬ》れ衣《ぎぬ》だとわかればいい」

「……そうだな」

交差点の信号が目の前で青になる。気分がいい。

「お前のためにも、松倉」

喉が渇いてきた。道路沿いの小さな駐車場に、自動販売機がある。ついなにか買いたくなるけれど、あとにしよう。いまは話をしたい。怪訝そうに松倉が訊いてくる。

「どういう意味だよ」

「さあ。植田が僕を選んだことが少し不審なように、松倉が植田を助けるために頼まれもしないのについてきたことを、僕はやっぱり不審に思ってる。僕に言えるのはそのぐらいかな」

さっきの松倉の口ぶりを真似《まね》て、そう言ってやる。

「それと、犯行時刻がわかったのは近所の人が見ていたからだと植田が言ったときに、らしくもなく動揺したことも」

「言えるのはそのぐらいとか言いながら、追加するのか」

「割れた窓は土曜日に出勤した教師が見つけたのに、お前は防犯装置が作動して警備会社が駆けつけたと言った。それも不思議だな。なんというか、警備会社を警戒していたからそう思い込んでしまったみたいじゃないか。考え過ぎかもしれないけど」

路上になにか落ちているのか、行く手でスズメが二羽、アスファルトの上をついばんでいる。僕たちが近づくと、なにもする気はなかったのに二羽とも飛び立ってしまった。

松倉はそれを見送り、呟いた。

「俺のせいとは言わないまでも、無関係じゃなかったからな」

「植田の兄貴が疑われたことが？」

「それもなくはないが」

細い道が斜めに延びていく分かれ道で、松倉は肩に担いでいた鞄を下ろして立ち止まる。彼は自分の右手を見た。

「鳥を叩き落としかけたことの方だ」

「鳥？」

「緑の鳥だよ」

そういえば金曜に松倉が言っていた。窓から飛び込んできた緑の鳥に、振り払った手が当たってしまったと。

「逃げたんだろ？」

「廊下に、な」

金曜に彼は何をしたのか。放課後の図書室で、僕といっしょに溜まった仕事を片づけていた。そして、そう、用事があるからと先に図書室を出て行ったはずだ。

松倉は頭をかいた。いつものように。

「探したら見つかったんだけどな。どうしても外に出てくれない。俺が殴った人間だと理解するほどの頭があるとも思えんのに、とにかく逃げるんだよ。窓を開けて帰っても、最後に誰かが見まわって閉めるだろ」

「それで……鳥が出られるように、夜中に学校に戻って、窓を割ったっていうのか？」

「そうだよ」

胸を張るでもなく、悪びれるでもなく、天気の話をするように。

「そうだよって、お前」

「たかだかガラス一枚だろ？　出張修理で三万もかからないさ」

そういう問題なのだろうか。どことなく皮肉な目で、松倉が僕を見ている。問われている気がする。なんだ、お前は、鳥よりもガラスの方が大事だと思ってるのか、と。

いや違う、そういう問題じゃない。大事なのは……。

なんだろう。法律？　ガラスを割るのは法律違反だから、僕は松倉を間違っていると批難したいのか？

「……鳥がそこから逃げられたっていう保証はあるのか？　いつか、校内のどこかから鳥の死骸が出てくるかもしれない。そうなれば、ただ窓を割っただけじゃないか」

松倉は笑う。

「それは仕方がない。俺はやれるだけのことをやった。自己満足のための儀式は済んでるのさ」

彼は再び、鞄を肩に担ぐ。踵《きびす》を返し、自分の帰り道へと歩みを進める。その肩越しに言うのが聞こえた。

「じゃあな、堀川。明日もテストだ。お互い頑張ろうぜ」

その背を見送る僕の耳に、鳥の声が聞こえてくる。さっきのスズメだろうか。それともメジロ？

立ち去る松倉の背中は、知らない男のそれのように見えていた。

ない本

The Book and The Key

1

三年生が死んだことは誰もが知っていたが、詳しいことは誰も知らなかった。

どうやら自殺ではあったようだ。男子で、名前は志野《しの》、北林《きたばやし》、呉《くれ》の三通りを聞いた。テレビで報道されたのを見たと言うやつもいて、何人かがそういえば自分も見た気がすると言い出したけれど、どうやらこれはガセらしい。三年生の死は、これっぽっちもニュースにならなかったのだ。だから僕は死んだ彼の顔を知らない。

死んだ場所は自宅だったとか、河川敷だったとか、公園だったとか人によってばらばらなのに、動機は受験のストレスでおかしくなったからだという点はどの話でも同じで、自殺の方法は首吊りだったという説と、ガソリンをかぶって焼身自殺したという説、そしてその両方、つまりガソリンをかぶって首を吊って火をつけたのだという三つの説が唱えられていた。

「この三つめの説は、ないだろうな」

放課後の図書室で手持ち無沙汰にシャープペンをまわしながら、松倉詩門が言った。

「なんで」

「なんで、だって？　堀川らしくもない、考えてもみろよ。ガソリンをかぶるのはいいが、首を吊ったんなら火がつけられない。先に火をつけたなら、首を吊りにいけない」

「なんとかなりそうな気もするけどな」

「やってやれなくはないだろうさ。ただ、やっぱりあり得ない」

松倉は彫りの深い顔に笑みを浮かべた。

「燃え上がっているんなら、首吊りの縄が焼き切れちまう。焼身しながら水に飛び込むようなもんだ。死にたいのか生きたいのかわからない……待てよ、そう考えると、あながちあり得なくもないのか」

一理あるとは思ったけれど、松倉があまりに得意げなのが癪《しやく》に障った。この一週間というもの、三年生の自殺が校内の最大の話題だったのはたしかだけれど、それにしても松倉はあまりに楽しみすぎている。

「あんまり笑うな。他人事《ひとごと》だと思って」

そう言うと、松倉はシャープペンをまわす手を止めた。

「他人事なら笑わないさ。そんな失礼なことはしない」

にやついた顔はそのままに、再びペンをまわしはじめる。

「明日は我が身だ。俺だってお前だって、来年の今頃はよんどころない事情で、もう死ぬしかないと思い詰めてるかもしれん。あの自殺は他人事どころじゃない、自分のことだ」

「そう思っていて、笑うのか」

「自分のことは笑うしかないだろう」

そんなものだろうか。少なくとも僕は、名前も知らない三年生の死で笑う気にはなれない。松倉の言うことが当たっているなら、僕は志野（ないし北林、または呉）の死を他人事だと思っているから笑えないのだ、ということになるけれど。

「少なくとも俺に言わせれば」

にやけた笑いをいっそう深めて、松倉が僕の手元を見る。

「そんな本をいま読んでる方が、失礼って感じがしなくもない」

僕はむっつりとショウペンハウエル『自殺について』を閉じ、表紙を下にして置いた。

夏が過ぎ、季節ははっきり秋だった。澄んだ空は高く、学校の前庭に植えられた銀杏《いちょう》が色づいている。受験までの日数がそろそろ気になり始めるこの時期、この図書室ももう少し自習に使われてもよさそうなものなのに、利用者はいつも通り三、四人といったところだ。僕と松倉が並んで座る貸出カウンターには、今日はまだ誰も訪れていない。

図書委員会が遊び場にしているせいで、図書室は自習にせよ閲覧にせよ使えたものではないという悪評は、いまだ学校中に根強く残っているらしい。岩波文庫の裏表紙に描かれた、壺とも野菜とも知れない謎のマークを見つめながら、この現状に対し少しでも改善を試みるべく、同時に話題を逸らすべく、僕は松倉に提案する。

「少し、図書委員らしいこともしよう」

松倉はシャープペンを置き、しかつめらしく頷いた。

「賛成だ。で、なにをする？」

今日の分の返却督促状は昼休みの当番委員が書き終えていたし、誰が読んでいるとも知れない図書室だよりの締切はまだずいぶん先だ。

「装備とか？」

新しく入ってきた本に、天地印を押し、背ラベルを貼り、フィルムを貼り……つまりは本を図書室の蔵書にする一連の作業を、装備という。ただ問題は、

「新着図書がない」

「だな」

となると、いま為《な》すべき図書委員らしいこととはなんだろうか。

「……古今東西題名しりとりでもやるか」

松倉はしばらく沈黙し、

「『或阿呆《あるあほう》の一生』」

と言った。いまいましい。

上手い返しが思いつかず首を捻って呻吟《しんぎん》する僕の前に、一人の男子が立つ。

「あの。ちょっといいかな」

ひょろりと背が高い男子で、襟元の徽章《きしょう》によれば、三年生だ。のっぺりとした顔に浮かぶ表情は暗く、目は寝不足なのか血走っていて、声もどこかどんよりとしている。手には、学校推奨の通学用鞄を持っていた。「う」で始まる、松倉にぎゃふんと言わせられる題名はないだろうかと考えつつ、返事をする。

「はい。なんですか」

「本を探しているんだ」

控えめに言って、驚いた。

本を探している！　なんと本格的な、そして久々の図書室利用者であることか。僕が図書委員になったのは本が好きだからではなく、なんとなく選んだ結果に過ぎないけれど、それでも本分を尽くせるというのは意外に嬉しいものだ。声も心なし弾んでしまう。

「なんて本ですか」

その三年生は首を傾げた。

「それが、題名がわからない」

大いによろしい。あやふやな情報から書名を絞り込んでいくのは、まさに図書委員の腕の見せ所だろう。今度は松倉が訊いた。

「じゃあ、どんな本かわかりますか。装幀《そうてい》の感じとか、大きさとか……」

三年生は腕組みし、力量を危ぶむように僕たちをじろじろと見た。たぶんだけれど、二年生の僕たちに相談するに当たって、三年生らしい威厳を示すためにそうしたのではないかという気がした。

「そうだなあ。実は少し入り組んでいるんだ。ほかに用がなければ、話を聞いてもらえるか？」

ほかの用といえば古今東西題名しりとりぐらいしかない僕たちに、文句があろうはずはなかった。

2

三年生は長谷川《はせがわ》と名乗った。

「香田《こうだ》のことは知ってるな？」

僕と松倉は視線を交わし合う。松倉の顔が、お前知ってるかと訊いてきていた。長谷川先輩に訊き返す。

「誰ですか」

「知らないのか」

驚いたというより、戸惑ったような言い方だった。

「例の、ほら……先週自殺したやつだよ」

「ああ」

志野でも北林でも呉でもなかったのか。伝言ゲームで情報が錯綜《さくそう》していたらしいが、それにしても、似ても似つかぬ名前に化けたものだ。

「亡くなった三年生がいることは知っていましたが、名前は知りませんでした」

「そうか」

長谷川先輩は小さく息をついた。安堵の溜め息のようだった。

「香田っていうんだ。香田努《つとむ》。いいやつだった」

言葉の内容とは裏腹に、長谷川先輩の言い方はどこか素っ気なかった。長谷川先輩と死んだ香田先輩はそれほど親しくなかったのだろう……いや、本当に親しい友人の死について語るときは、こんな感じに無感情になるのだろうか。わからない。

「探してるのは、そいつが読んでいた本だ。香田はちょくちょく、ここで本を借りていたみたいで、俺はその最後の一冊を探してる」

死んだ三年生が、この不人気な図書室の数少ない愛用者だったと聞くと、遠くにあるはずだった死が急に大写しに迫ってくる。

「それを読んでみたいんですか」

かろうじてそう訊くと、長谷川先輩は苦笑いした。

「俺は、字ばっかりの本は駄目だ。そうじゃない。どう説明したらいいかな……」

そう呟き、長谷川先輩はやがて思い切ったように、

「まあ、最初から話すか」

と言った。

「二年生のときから、クラスが同じだった。そんなによく話す仲じゃなかったが、それでも時々はしゃべることもあったたし、文化祭なんかじゃ組むこともあった。香田はノリがいい方じゃなかったが、それは俺も同じだからな。最近少し様子がおかしいとは思っていたんだが、まさか死ぬなんてな。なんていうか……嘘だと思ったよ、最初は」

松倉は黙っている。「で、本当はどうやって死んだんですか」とでも言い出さないか案じていたけれど、さすがの松倉もそんなことは言わず、ただ黙っていた。長谷川先輩は淡々と話し続ける。

「死ぬ何日か前に、放課後の教室であいつに会ったんだ。すごい夕焼けの日でな、教室にはあいつ一人しかいなかった。本を読んでたよ。俺が入ってきたのを見ると、ちょっと笑って本を閉じた」

この学校の教室はすべて、黒板に向かって左手が窓、右手が廊下になっている。そして、どの教室も西日が強烈に射し込んでくる。

その日の夕焼けがすごいものだったというのなら、長谷川先輩が教室のドアを開けたとき、香田先輩は真っ赤な逆光の中に座っていたのだろう。

「机の上には本のほかに便箋みたいな紙があって、なにか書いてあるみたいだった……。シャープペンも机に出ていたから、書いた直後だったのかもしれない。習字でもやっていたのか、高校生らしくもないとんでもなくきれいな字を書くやつだったんだ。去年の文化祭で、しおりの表紙に題字を書いたのもあいつだよ」

そのしおりなら、この図書室にも残っているので見た憶えがある。たしかに印刷したように上手く、そして個性のない字だった。

「あのときも、整った字がちらりと見えた気がした」

影絵のような香田先輩に、字が上手いという個性が付与されていく。その人がもういないことを思えば、彼について新しいことを知るのは、あまり嬉しいことではなかった。

「ノートならともかく、学校で便箋なんか見かけないから変に思って、それはなんだって訊いたんだよ。そうしたら香田のやつ、なんでもないんだって言って、便箋を二つ折りにして本に挟んだ」

ふうむ、というように松倉がひとつ唸る。長谷川先輩は気にせず、先を続ける。

「……それで、何日かたって、あいつが死んだって聞いてさ。実は、便箋のことはしばらく忘れていたんだけど、そういえばあれはなんだったんだろうって気になり出したら、もう頭から離れなくなった。あれはもしかして遺書だったんじゃないかって思うと、なんとか見つけてやりたいんだ」

　そういえば、遺書については噂に聞かなかった。

「遺書はなかったんですか」

「はっきりしたことはわからんけど、あったらしい。いつも使ってたノートに、なにか書いてあったっていう噂を聞いた。遺書っていうか、走り書きみたいなものだって」

　これまで黙っていた松倉が、不意に言う。

「どこから出た噂なんですかね。そんなの、遺族以外に知りようがない話でしょう」

「さあな。クラスで葬式には行ったから、何人かは香田の家族とも話をしてる。その辺から出た話じゃないか」

「ああ、葬式に行ったんですか。なら、わかる」

「……もちろん、根も葉もない嘘だって可能性もあるけどな。俺も見たわけじゃないし。でも、たとえノートに遺書っぽいことが書いてあったとしても、あの便箋が遺書でなかったってことにはならないだろ？」

　たしかに、遺言状ならともかく、遺書なら何通書いても構わないわけだ。

「だから、あの本を見つけたい。手伝ってもらえないか？」

　長谷川先輩はそう言った。

放課後の教室で、便箋になにかを書いていた同級生が、数日後に死んだ。……僕が先輩の立場でも、やっぱりそれは見つけずにはいられないだろう。

「香田先輩が読んでいた本が、図書室の本だったと思う理由はあるんですよね」

長谷川先輩は曖昧に頷いた。

「その本には、なにかシールみたいなのが貼ってあったんだ。図書室の本って、そういうの貼ってるだろ」

シール……。一瞬、星やハートのシールできらきらしく飾られた本を想像してしまい、訳がわからなくなった。近くにあった返却本を手に取り、分類記号が書かれた背ラベルを指さす。

「これのことですか」

「そうそう、それが見えた」

言いながら、長谷川先輩は本を手に取る。

それだけでは、この図書室の本だったと言いきることはできない。市立図書館の本だったかもしれないし、古くなって除籍された本だったのかもしれない。とはいえ、やはり、図書室の本だという可能性が一番高いだろう。

「へえ。数字とか書いてあるんだな」

背ラベルを見て、長谷川先輩はそんな感想を洩らした。

「じゃあ、図書室の本だったとして……」

今度は松倉が訊く。

「どうして、そこに便箋が挟まったままだと思うんですかね」

便箋を本に挟んだのは、教室に入ってきた長谷川先輩からとっさに隠すためだったと考えられる。だけどそれなら、長谷川先輩と別れてからすぐに取り出すはずで、便箋を挟んだまま図書室に返すというのは、ほとんどあり得ない。

長谷川先輩は、少し笑った。

「どうしてというか……そうだったらいいな、って思うんだよ」

「はあ」

「あのとき、便箋を本に挟む手つきが妙にゆっくりだった」

そう言って、手にした本を開き、なにかを挟むような仕草をする。

「あれはもしかしたら、俺に見せつけていたんじゃないか。あとで見つけてもらえるように」

たしかに長谷川先輩の手振りは、どこか思わせぶりだ。香田先輩の動きを再現できているとすれば、なにかあると考えたくなる。

「あの日、俺が教室に入ったのは偶然だったから、香田は俺に宛てて遺書を書いたわけじゃないだろう。見つけるのは誰でもよかった、図書室の本に遺書を挟んでおけばいつか誰かがそれを見つける、それが香田の望みだったんじゃないか……。そう思えて、しょうがないんだ」

僕はそれとなく、図書室を見渡す。

香田という三年生のことは、まったく知らない。さっきまでは、チンギス・ハンよりも知らない人間だった。冥福を祈っても白々しさがつきまとう。だけど長谷川先輩にとって、香田先輩はたしかに悼《いた》むべき人なのだろう。この図書室にあるどれか一冊に、死んだ三年生が遺書を託したということがあるだろうか。いつか誰かがその一冊を開く日が来るのを信じて、最期の言葉を遺したということが本当にあるのだろうか。

あるのかもしれない。

「わかりました」

僕は少し、背を伸ばした。

「もちろん、探します。題名はわからないんでしたね。じゃあ、どうしようかな、装幀はどんな感じだったか憶えていますか」

判型からの方がよかったかなどと考えていたら、長谷川先輩が怪訝そうに眉根を寄せた。

「いや、ちゃんと聞いてたか?」

「そのつもりですけど……」

もどかしげに体を揺すり、カウンターに手を置く。

「要するに、俺が探しているのは香田が借りた本だ。調べてくれよ」

「だから、探しますよ」

「そうじゃなくてさ」

僕は少し察しが悪かった。数万冊の本にどう挑むかということに頭がいっていて、長谷川先輩がして欲しがっていることがわからなかった。多少、感傷にとらわれていたのかもしれない。

その点、松倉は冷静だった。

「貸出履歴を見せろってことですか」

長谷川先輩は我が意を得たりとばかりに頷いた。

「そうだ。簡単なことだろ？」

僕は笑顔を作る。

「そういうわけにはいきませんよ」

できるだけ柔らかく伝えたつもりだったが、長谷川先輩は眉を吊り上げた。

「なんでだよ。手伝ってくれるって言っただろ」

思わずまじまじと顔を見てしまうが、長谷川先輩は不満そうではあるものの、後ろめたさは皆無のようだ。横紙破りをしている自覚がないらしく、つまり、この先輩は図書館とあまり縁がないようだ。

「本を探す手伝いはしますけど、貸出履歴は見せられません」

「記録がないわけじゃないんだろ？　あるはずだよ、でなきゃ返せとも言えない」

「もちろん、ありますが」

カウンターの後ろには、古い、あまりにも古いデスクトップ型パソコンが一台鎮座していて、そこにはバーコードリーダーが繋がっている。本を貸し出すときはまず生徒全員に配られている利用証を読み取り、それから本のバーコードを読む。返却のときは本だけでいい。利用者番号と生徒の名前は紐《ひも》づけられているので、借りた本を返さない不届き者には図書委員会から直接督促状が届く。

「ひょっとして、検索できないのか。まさか、そんなことはないよな」

「いや、できないんです」

少なくともうちの図書室のシステムでは、返却期限に遅れた利用者が表示されるだけで、検索はおろか、特定の利用者がどの本を借りているかを見る機能さえない。

「いや、だってそんな……不便じゃないか」

「特にそう思ったことはないですけど……。まあ、処理速度が遅くてインターフェイスが非人間的で、特定の処理の最中に方向キーを押しただけでエラーになることを除けば、ですが」

長谷川先輩は、ほとんど哀願するように身を乗り出す。

「なんとかなるだろう。頼むよ、ぜんぶ教えてくれと言ってるわけじゃないんだ。あいつが最後に借りた、その一冊だけでいい。データぐらいどこかに残ってないのか」

いちいち完全消去しているとも考えにくいので、データはハードディスクのどこかには残っているのだろうけれど、それをこのシステムから表示する方法はない。なんとかしてデータファイルを直接見ることはできるだろうけれど、それ以前の問題がある。

どう伝えようか言葉を選んでいると、松倉がうんざりした声を出した。

「なんともならないっすよ。データが残っていたって、見せませんし教えません」

ああ、言ってしまった。案の定、長谷川先輩が色をなす。

「なんだそれ。お前にそんな権限あるのか」

「ある……っていうか、ないんすよ」

松倉は整った顔をしかめて、どこか面倒そうに言う。

「図書館にはルールってものがあってですね。誰がなにを借りたかは、秘密にすることになってるんです。聞いたことないですか」

長谷川先輩は戸惑いをあらわにしつつ、口では、

「そりゃあ、知ってる」

と答えた。

図書館の基本姿勢は「図書館の自由に関する宣言」という文にまとめられていて、図書館の入り口に掲げられていることが多い。気高い文だ。

宣言の中には、「図書館は利用者の秘密を守る。」という一文がある。いやしくも図書館に関わる者は、たとえそれが不人気な学校図書室の不真面目な図書委員であっても、利用者の秘密を右から左に流したりしない。

「だけど」

長谷川先輩が食い下がる。

「それはあくまで原則だろ？　いまは人の生き死にに関する話だ。香田の最期の言葉より、そんな原則の方が大事だっていうのか」

松倉に任せておくと、無駄に話がややこしくなりかねない。割って入る。

「どっちが大事とかそういう話じゃなくて、できないものはできないんですよ」

そう言いはするが、説得力がないことは自分でもわかる。長谷川先輩は、怒っているというよりも、納得がいかないようだ。

「だってお前、たとえば警察が来て、見せろと言ったらどうするんだ。人殺しを捕まえるために必要だって言われても、それでもルールだからってはねつけるのか」

極論っぽいが、絶対にあり得ないというほどの極論ではない。世界のどこかでは、そういうことも起きているだろう。ふつうに考えて、「自由に関する宣言」は、いくら誇りに満ちていてもただの宣言に過ぎず、法律より上には来ない。

「令状があれば見せるんじゃないですか。よく知りませんけど」

「俺に令状を持って来いっていうのか？」

「そんなことは言ってないですが……」

押し問答になってしまった。長谷川先輩にしてみれば、目の前に探しているデータが入ったパソコンがあるのに協力できないの一点張りで断られるのだから、さぞ歯がゆいだろうが、でもですね、と言いかけたところで松倉がいらだたしげに言った。

「まあ、先輩の言う通りです。いくら宣言があったからって、実際に警察が来てどうぞご協力をと言われて、できませんと断れる図書館ばかりだとは思えない。司書はともかく、図書館長ってのはたいてい、役場から派遣された図書館にはなんの思い入れもない人が就いてますからね。『宣言』に義理立てして警察を突っぱねる人間ばかりだと思う方がおめでたい。今回は特別です、どうぞご内密にってのが関の山でしょう。そもそも堀川の言う通り、令状を持ってくれれば見せるんだってことは、当の『宣言』にも書いてある。あんなの金科玉条でもなんでもないんだ」

少し驚いた。松倉が図書館の事情に通じていると思ったことはなかったからだ。長谷川先輩の表情が、ぱっと明るくなる。

「じゃあ……」

「けど、だからこそ」

ぶっきらぼうに言い放つ。

「見せませんよ、俺たちは」

そして松倉は、小さく溜め息をついた。

「どんな立派なお題目でも、いつか守れなくなるんだ。だったら、守れるうちは守りたいじゃないですか。先輩、俺たちはお目当ての本を探す手伝いはすると言っているんです。まっとうに探させてください」

松倉詩門は、ふだんは冷笑家然としている。世の中を斜めに見ているというのではないけれど、どこか、人の営みは誇り高くあり得るということを信じていないようなところがある。そんな松倉には似合わないような、やはりどこか松倉らしいような、そういう言い方だった。長谷川先輩は気圧されたように目を泳がせ、やがて諦めたように呟く。

「まっとうに探すってのは、どういうことだ」

「そりゃあ、本の形とか色とか、厚さとか、少しでもわかっているなら題名の一部とか、そういうところから絞り込んでいくんですよ」

「絞り込むって」

絶句し、長谷川先輩は図書室を見まわす。十数架ある書架は何十年前のものとも知れない木製で、色は時の流れを物語る飴色《あめいろ》、天井につくほどに高く、長年にわたって資料の購入が続けられたため棚はどの分野も汗牛充棟、隙間はほとんどない。蔵書数は棚卸しの成果により正確な数字がわかっていて、未返却の分を含めて二万二千五百七冊だ。

「この中からか？」

「そうです」

先輩を安心させるべく、僕も言葉を続ける。

「なんとかなりますよ」

長谷川先輩は顔に出やすいタイプらしい。その苦り切った表情を見ていると、かえって意欲が湧いてきた。

3

本を探すにはいくつかのアプローチがある。学者や研究者が資料に当たる学術的な方法は知らないけれど、図書館の本を探すことについては、これで僕たちも多少は経験がある。長谷川先輩にご安心いただけるほどのエキスパートではないにせよ、まるっきりの役立たずでもないはずだ。

「香田先輩は、放課後の教室で読んでいたんですよね。それで、長谷川先輩が廊下から入ってくると、本を閉じた」

いちおうの確認をすると、長谷川先輩はそれがなんの関係があるのかと言いたげに不満そうな顔をして、それでも頷いた。

「題名はわからない、と。ぜんぜんわからないですか。一文字だけでも見えていたら、大きなヒントです」

「題名は……」

呟いて、長谷川先輩はしばらくそのまま考えていた。

「……やっぱり、よくわからない」

「見えなかったんですか」

「いや、俺は目がいい方だから、見えるようになっていれば見えたと思うんだ。あのときは、あんまり注意していなかったからかな……」

「なんとなくの感じだけでもいいんですが」

鞄を持ったままで腕組みをして唸り、やがて先輩は溜め息混じりに言う。

「思い出した。あの本は裏返してあったんだ。香田は俺が教室に入ると、本を閉じて、表紙を下にして置いた。だから俺は、表紙を見ていない」

横から松倉が短く訊く。

「そのとき、なにか見ましたか」

「本についてだろ？　たしかバーコードがついていたような気がする」

　バーコードか。

「バーコードは一つだけでしたか」

　長谷川先輩は訝しげに呟く。

「そりゃあ、たぶん……」

　そして長谷川先輩の視線は、僕がカウンターに置きっぱなしにした『自殺について』に向けられた。これは図書室の本で、裏表紙にはもちろんバーコードがついている。

「……いや、一つじゃなかった。そうだ、はっきり思い出した。バーコードは三つだ」

「三つでしたか」

「ああ」

　一般に流通している本には二つのバーコードがついていて、ひとつは値段を表わし、もうひとつはＩＳＢＮコード、つまり本の識別番号を示している。そうした本が図書室に収蔵されるときには管理用バーコードが裏表紙の下部に貼り付けられるので、バーコードの数は合わせて三つになる。そして図書室にある本は、一般に流通しているものばかりではない。

「バーコードが三つあったなら、卒業アルバムとか学校史、あと電話帳なんかは除外できます」

ぴんと来ていないらしく長谷川先輩が無言なので、説明を付け加える。

「そういう、本屋で売らない本にはバーコードがないので」

「……へえ。なるほどな、バーコードの有無だけでそんなことがわかるのか」

ところが、松倉が馬鹿馬鹿しいと言わんばかりに手を振った。

「そういうのはもともと禁帯出じゃないか。借り出されてるんだから、禁帯じゃない」

「まあ、そうなんだけど」

「もっと先に除外できるものがあるだろう」

松倉が言わんとすることはわかっている。

「古い資料のことなら、いま言おうと思ってた」

販売用のバーコードはカバーに印刷されていることが多いが、この図書室ではむかし、カバーは捨てる決まりになっていた。そういう本にはたいてい、図書室管理用の一つだけしかバーコードがついていない。松倉は頷き、もう一言、足す。

「箱入りの本もな」

「そうか。それは忘れてた」

外箱に入った本の場合、バーコードは箱にしかないことも多い。図書室では箱を捨てるので、この場合もバーコードは一つになる。けっこうな量を占める全集のたぐいも、これで除外される。

長谷川先輩が唸った。

「バーコードの数だけでそこまでわかるのか」

まだまだ、序の口だ。

「まだ基本的なことを訊いていませんでした。判型はどんなでしたか。四六《しろく》判とか、新書判とか、文庫判とか」

「判型か……そうだな……四六判」

「ハードカバーでしたか、ソフトカバーでしたか。それとも仮フランス装とか」

「あー。ハードカバー」

僕は松倉に囁《ささや》く。

「四六判のハードカバーか。数は多いな」

「まあ、聞いた話の通りなら、そういうことになる」

探す本は、市販品で、四六判のハードカバーで、禁帯出ではないものだ。図書室の本としてはもっとも一般的なものだと言えるが、それでも、数千冊は除外できたのではないか。

長谷川先輩は、本の裏表紙しか見ていない。そこから得られる情報は、ほかになにがあるだろう。

「厚さは？　極端に厚いとか薄いとか、ふつうだったとか」

「ああ、ふつうだった」

「色はどうでしたか」

「色だって」

なぜか先輩は絶句した。

「色……色は……どうだったかな」

「裏表紙になにか絵が描いてあったとか」

「絵か。そうだな、なにか描いてあった気がする」

思わず身を乗り出してしまう。カバーデザインがわかるなら、極めて大きなヒントだ。無地、イラスト、写真、図形などのデザイン、レタリングなどなど装幀の雰囲気がわかれば、もしかしたら一気に数冊まで絞り込めるかもしれない。

「風景の絵とか、漫画風の人物画とか……」

「漫画か。どうだったかな」

「でなかったら、マークみたいなものとか、内容紹介とか」

「そうだったような気もするが、ううん」

「雰囲気だけでも、どうですか。シンプルだったとか、ごちゃごちゃしていたとか。本当なら質感も大きな手がかりなんですが、図書室だとフィルムをかけてしまうので、あんまり参考にはなりません。ほかに……」

不意に、隣で松倉が低く笑った。

「ずいぶん畳みかけるじゃないか、堀川。なかなかの名司書っぷりだな」

言葉に含まれる揶揄の響きに、僕は我に返る。

いま、僕はずいぶんと嫌なやつではなかったか。専門的な訓練を受けたわけでもないのに、狭い範囲の経験則を振りかざして自分の知識を誇示するような、せこい真似をしていた。素人だからなにもしないというのはただの引っ込み思案か責任放棄だけれど、半可通がいっぱしを気取るほどお寒いことはない。たぶん僕の顔は赤くなっていたはずだ――かっとした熱さを自分でも感じた。

「そうだな」

みっともなさを当てこすられては、いい気持ちがするものではない。だけど見苦しさを早めに指摘してもらえたことについては、やっぱり、

「ありがとう」

と言っておくべきだろう。松倉はちょっと目を逸らした。

「まあ、それだけ親身になってるってことなんだろうが」

長谷川先輩は、いまのやり取りの意味がわからないのか、どっちつかずの曖昧な顔をしている。

やがて、腕組みをしたまま、先輩は気を取り直したように言った。

「裏表紙は白っぽかったと思う。薄い水色か、ピンクかもしれない。小さなイラストが描かれていたような気がするけど、もしかしたらマークだったかもしれないし、写真だったような気もする」

「充分です」

顔の熱さを感じたまま、僕は頷く。

白ないしそれに近い薄い色で、裏表紙にワンポイントが入っている。先の条件と合わせれば、ずいぶん絞り込めたはずだ。

もうひとつだけ、訊いておきたい。

「それで、亡くなった香田先輩は、ふだんどんな本を読んでいたんですか。つまり、小説かそれ以外か、っていうことなんですが」

「小説だよ」

これまでで一番早く、そしてはっきりとした答えだ。

「あいつは小説を読んでいた。小説が好きだったんだ。教科書に出てくるような昔の作家の本ばかり、よく読んでいた。あのとき読んでいたのも小説だったはずだ」

少しのあいだ、誰もなにも言わなかった。

香田先輩は小説が好きで、よく読んでいた。でも、彼は自分から死んでいった。小説は、顔も知らない先輩が死を選ばない理由にはならなかったのだ。この部屋には二万冊の本がある、でも、駄目だった。

あるいは、読んでいたからそれを選んだのだろうか？

松倉が、ぽつりと言う。

「……まあ、どんなこともあるさ」

誰に、あるいは何に向けた言葉だったのだろう。

放課後の教室で小説を読む三年生を思い浮かべる。その机の上には便箋とシャープペンが置かれ、もうすぐ、長谷川先輩がやって来る。

しかしその想像が、突然乱れた。小説……小説だって？

香田先輩は教室で小説を読んでいた。そんなことがありうるだろうか。どんなものを読んでいても構わない、でも小説だけはおかしくないか。違うはずだ、その日、香田先輩が小説を読んでいたはずはない。ということは……。

妙にからりとした顔になって、松倉が立ち上がる。

「堀川がだいぶ絞り込んでくれましたが、俺からもいくつか訊きたいことがあります。悪いんですが、先輩の教室に案内してくれませんか。それでまあだいたい、解決できると思います」

長谷川先輩は訝しげに眉を寄せた。

「俺の教室に？　なにがわかるんだ。本に関係あるのか？」

気がつくと、図書室には誰もいなくなっていた。離席中のプレートをカウンターに置き、僕も席を立つ。

「現場は大事だな、たしかに」

すると松倉は意外そうに目を見開いたが、やがて、にやりとした。

「右か左か、だろ」

「北か南か、でもある。それが縦か横かを決める」

「いや、それはどうかな」

やはり話が見えないようで、長谷川先輩はいらだたしげに鼻を鳴らした。

4

放課後の廊下を、長谷川先輩について歩く。

中学生のとき、放課後の校舎はうるさい場所だった。ブラスバンド部が練習する音楽がいつも響いていて、グラウンドでは野球部とサッカー部と陸上部が狭いスペースを分け合っていた。取っ組み合いをしている男子や、こっくりさんをしている女子がいた。

高校では、そういう賑わいは消えた。特に、三年生の教室が並ぶ二階はとても静かだ。松倉がなにか言いたげな素振りを見せるけれど、この静けさのために長谷川先輩に声が届くことを恐れてか、黙ったまま歩いている。

松倉の言いたいことは、おおよそ察しがつく。香田先輩が読んでいたという本について、二人だけで相談したいことがあるのだろう。お互いに考えていることが一致しているか答え合わせをしたい、という方が正確かもしれない。

「ここだ」

と、先輩が足を止める。

教室のドアは、ほかの教室と同じく引き戸だった。三年生の教室だからといって、二年生の教室と造りが違うはずもないのだけれど、確認しないわけにはいかない。教室の前方と後方、二ヶ所にドアがあることも同じだ。松倉が言う。

「ドアを開けてください」

二年生に指示されて動くのが嫌なのか、それともさっき楯突《たてつ》かれたせいで松倉個人が嫌いになったのか、ドアを開ける長谷川先輩はどこか投げやりだ。

西日が真正面から目に飛び込んでくる。カーテンが開けてあるせいで、日光を遮るものがないのだ。黒板はすぐ右手にあり、チョークで微分方程式が走り書きしてあった。このドアは、教室の前の方のドアということになる。僕と松倉は、互いに目配せを交わし合う。

教室には四人が居残りし、ノートを開いて勉強をしている。それぞれが僕たちの姿をちらりと見て、一切の興味をなくしたようにまた目を伏せた。

「あいつの席は」

長谷川先輩が小声で言う。

「そこだ。前から二列目の真ん中あたり」

手元で人差し指を少しだけ伸ばして、席を指さす。香田という名前を口にすることも、その席をはっきりと指さすこともできなかったのだろう。死んだ三年生の席は、ほかの席と変わることなく、ただそこにあった。

「なにも置いてないんですね」

松倉が独り言のように言うと、長谷川先輩は皮肉な笑みを浮かべた。

「最初は花を置いてたよ」

そして、じっと机を見る。

「でも、あんまり陰惨でな。それに……黒板を見るのに、邪魔になるんだよ。受験も近いからな」

「……言われてみれば、そんなものかもしれません」

香田先輩の席が最後列にあれば、いまも花ぐらいは供えられていたのかもしれない。人は死んでも、巡り合わせひとつで花さえ手向《たむ》けてもらえないものらしい。

「それで、ここでなにを知りたいんだ」

僕たちの方を見ずに、長谷川先輩がそう訊く。

実は、僕が知りたいことはこの教室を見た瞬間にほぼ知ることができた。それでも、ここまで来たのだから最後まで慎重を期したい。

「香田先輩と会った日、教室に入ったら、先輩は本に便箋を挟んだんですよね」

「ああ」

「そして、表紙を下にして閉じた」

「そうだ」

「じゃあ、すみませんが、そのときの様子を再現してもらえませんか」

長谷川先輩はほとんどあきれた様子だった。

「それで、あいつが読んでいた本がわかるのか」

横から松倉が言う。

「相当なところまで、わかります」

先輩は納得していないようだったけれど、「まあ、バーコードだけでもあれだけわかるんだからな」と自分に言い聞かせるように呟いた。

「それで、俺はどっちの役をやればいいんだ」

「先輩自身の役をお願いします。香田先輩は……」

「俺がやるよ」

言いながら、松倉は既に教室に入っている。ただ、さすがに振り返り、

「隣の席でいいか？」

と訊いてくる。頷くと、長谷川先輩が指さした席からひとつ廊下側の席に座った。

「本をくれ」

「あー。そうだな、持ってくればよかった」

とはいえ、まさか『自殺について』を持ってくるわけにもいかなかった。既にいろいろやってもらって、これ以上なにかを頼むのは心苦しいけれど、ここは先輩にお願いするしかない。

「あの。現文か古典の教科書、お持ちじゃないですか」

「……お前らに頼んだのは間違いだったかな」

先輩はそう毒づくと、教室の後ろの方の席に行き、机の中から教科書を持ってくる。

「ほらよ」

注文通り、古典の教科書だ。お礼を言って受け取り、ぱらぱらとめくると、教科書のあちこちに金釘流の下手な字で書き込みがされている。ふざけた書き込みもあるにはあったけれど、ほとんどが授業のポイントをメモしたものだ。あんまり見ては失礼のような気がするので、ほどほどにして松倉に渡す。

「申し分ないな」

と言いつつ、松倉はポケットから財布を出して、レシートかなにかを机に置いた。それが便箋の代わりなのだろう。

再現は、ドアを開けたところからお願いした。

打ち合わせのあいだ、教室に居残りしている四人はこちらを気にする素振りもなく、完璧な無関心を貫いていた。ありがたい一方で、どこか不気味なような気もする。死んだクラスメイトに関わるなにかをしているのだと、彼らは気づいているだろうか？　気づいているからこそ無視をしているのか、それとも、気づいてはいるが関心を持てずにいるのだろうか。

香田先輩の隣の席で、松倉は古典の教科書を開いている。長谷川先輩は教室前方のドア横に立ち、馬鹿馬鹿しいと思うべきか厳粛に振る舞うべきか決めかねるような曖昧な顔をしていた。

「お願いします」

そう声を掛けると長谷川先輩は、それでも律儀にドアを開ける素振りをしてから、二、三歩松倉に近づき、一度立ち止まる。松倉は顔を上げて長谷川先輩と目を合わせ、教科書を閉じる。

「この辺で……」

先輩は少し言い淀む。

「話しかけたんだ」

たしか、その便箋はなんだ、と訊いたのだった。松倉は無表情で、手にした紙切れを二つ折りにしてから教科書に挟む。ここまでは、さっき図書室で聞いた話の通りだ。長谷川先輩と松倉の距離はおよそ二メートルほどで、先輩は松倉の右斜め前、二時方向ぐらいの位置にいる。

「それで、そのあとは」

「……ああ、ええと」

考えつつ、先輩は教室の後方へ向かう。

「自分の机に行って、鞄を取って、そのまま帰った」

「では、そのようにお願いします」

先輩はもう文句も言わず、座っている松倉の横を通って自分の席に行き、鞄を手に取る仕草をして、そのまま教室後方のドアから廊下に出た。

松倉が席を立ち、僕たちは再び教室前方のドア近くに集まる。

「これ、ありがとうございました」

古典の教科書を返され、長谷川先輩は鼻白んだ様子で、

「で、なにがわかった」

と訊く。どう答えたものかと僕が迷う横で、松倉はさすがに気が利いていた。

「その本ですが、裏はどうでした」

「裏？」

「花色木綿《はないろもめん》じゃありませんでしたか」

「なんの話だ」

そう答えてから、先輩は自信なさげに付け加える。

「……そうだったかもしれんが」

「ここじゃ勉強している先輩たちの迷惑になりそうですし、図書室に戻りましょう」

そう言うと返事も待たず、松倉は踵を返した。

5

死んだ三年生が、その死の数日前に読んでいた本はなんだったか？　その答えは出た。

放課後もずいぶんと遅い時間になり、図書室にはやはり誰もいなかった。窓の外は群青《ぐんじょう》色で、無人の部屋は冷えていた。

貸出カウンターにどっかりと鞄を投げ出し、長谷川先輩が軽く首をまわす。

「本を探すってのは一大事だな。こんなにいろいろやるとは思いもしなかった」

「どんな細かい情報でも大切ですからね」

僕がせっかく当たり障りのない説明をしたのに、松倉が横からひっくり返す。

「ふだんはこんなこと、やりませんがね」

その横腹を肘でつつきたくなった。松倉は穏和な人間ではないかもしれないが、敢えて事を荒立てて喜ぶタイプでもないというのに、今日はどうも挑発的だ。貸出履歴を見せろと言われたことが、それほどに腹立たしかったのだろうか。長谷川先輩は松倉を一睨みして、彼にはもう構わず僕に訊く。

「で、わかったのか」

「ええ、まあ」

禁帯出ではなく、カバーにバーコードが印刷されている市販品で、箱入りではなく、ふつうの厚みで、色は白ないしそれに近い薄い色、四六判ハードカバーで、裏表紙にはなんらかのワンポイントが入っていて、小説で、この図書室にある本とは？

僕は言う。

「ありません」

「……なんだって」

「先輩が言う条件に合う本は、残念ですがこの図書室にはありません。市の図書館にもないでしょう」

長谷川先輩は、怒るというよりもあっけに取られたように、

「なんで」

と呟いた。

カウンターに腕を置き、髪をかき上げながら松倉が言う。

「先輩の言ったことが嘘だからですよ。先輩は、そんな本なんか見ちゃいない。この世にない本は、そりゃあここにもありません」

先輩の顔色が、さっと赤くなった。

「俺は、嘘なんて」

さりげなく、僕は二人のあいだに割って入る。

「嘘というのは言葉が過ぎますが、先輩が話した条件に適合する本がごく僅かであることはたしかです」

「そうなのか？」

「はい。つまり、どういうことかというと……」

返却箱に入れられていた本を手に取り、松倉が手近な机に向かう。

「口で言うより、見せた方が早い。これは、中身は最高ですが、作り自体はふつうの小説です」

掲げて見せたのは、P・G・ウッドハウス『比類なきジーヴス』だ。背表紙には背ラ

ベルが、裏表紙には管理用バーコードが貼られている。

「ハードカバーじゃないが、まあいいだろう。先輩、教室の再現通り、俺の右斜め前に立ってください」

先輩は言われるがまま、のろのろと移動する。

「背ラベルが見えたから、香田先輩が読んでいた本は図書室のものだと判断したと言いましたね」

「……言った」

「つまり、背ラベルは先輩から見えた」

松倉は、背表紙が長谷川先輩から見えるように本を置いた。

「そして、表紙は見えなかったとも言っていましたね。代わりにバーコードが三つ見えた、と」

「ああ」

今度は、右に立つ長谷川先輩に背ラベルが見えるようにしつつ、表紙を下にする。

「その通りにすると、こうなります」

長谷川先輩の表情が、くしゃっと歪んだ。

本は、天地が逆さまになっていた。

「教室に入った時点では香田先輩は本を読んでいて、そのまま閉じた。なら、こんな不自然な状態になるわけがない」

　返却箱にはちょうど、誰かが自習に使っていたらしい英和辞書も入れてあった。僕はそれを持って、松倉の隣に行く。

「背表紙が右に来て、表紙が伏せられている状態で、天地が逆さまにならない本もあります」

　言った通りに英和辞書を置く。表紙は下になって見えないが、天地はまともだ。

「左開きの本……つまり、横書きの本の場合、先輩が言った条件でも自然に置くことができます。だから僕は最初から、お探しの本は横書きだと思っていました」

　何冊もの本が候補として頭をよぎっていたが、それらはぜんぶ横書きの本だった。そのイメージが崩れたのは、香田先輩がよく読んでいた本を聞いたときだ。

「ところが、香田先輩が読んでいたのは小説だっただろうと言われて、考えていたことがぜんぶ吹き飛びました。言うまでもなく、日本の小説は基本的に縦書きです。英語とかの横書き文化圏の本はもちろん横書きですが、ここは高校の図書室ですからね、原書はないですよ」

　松倉が続ける。

「もちろん、日本の小説で横書きのものがないわけじゃない。ＷＥＢ上の小説を本にしたものは横書きのことがあるし、横書きでなきゃ実現できない趣向を盛り込んだ本もある。でもまあ、数は多くない」

「香田先輩は、横書きの小説という珍しい本を読んでいたのか、あるいは、前提が間違っているか。僕は、後者だと思いました」

それを聞いて松倉が笑った。

「間違ってた、か。まるで単なるミスみたいに言う。俺は、積極的に嘘だと思った」

僕は、そうは思っていなかった。

「嘘？　理由は？」

「言ったろ、花色木綿だって」

花色木綿というのは、落語の演目だ。たしか、貧しい男が泥棒に入られ、それを言い訳に家賃を待ってもらおうと思いつき、あんなものを盗《と》られた、こんなものを盗られたと言い立てる。

「布団なんか持っていない男が布団を盗まれたと言って、裏はなんだと大家に訊かれる。苦し紛れにあなたの布団はと訊き返し、うちは花色木綿だと聞くと、じゃあうちのも花色木綿だと答える……そんな話だった。堀川、なにか思い出さないか」

そう言われても、ぴんと来ない。

「当事者はかえってわかりにくいのかもしれないな。傍《はた》で聞いていたら、すぐにわかったよ。長谷川先輩も、なんのことかわかってるんじゃないですか」

先輩はむっつりと黙り込み、返事もしない。

「図書室の本にラベルが貼ってあることは知っていても、そこに数字が書いてあることは知らない人間が、四六判って言葉は知っている。ハードカバーかソフトカバーか遠目に判断するのは簡単なことじゃないのに、あっさりハードカバーと答えた。なぜだ？」

……そう訊かれると、さすがにわかる。

「僕が言ったからか」

「そうだ。お前が四六判かどうかと訊いたから四六判と答え、ハードカバーかソフトカバーかと訊かれたから、ハードカバーだと答える。そして件《くだん》の本にはバーコードが三つあり、裏表紙の色は白っぽくて真ん中にワンポイントがある……あのとき、カウンターにはなにがあった？」

「岩波文庫だ。それか」

裏表紙は白く、真ん中に蕪《かぶ》のような壺のようなマークがある。図書室の本だから、バーコードは三つだ。

「つまり先輩は、堀川が選択肢を挙げればその中から答え、挙げなければカウンターに置きっぱなしの本を見ながら答えていた。これで、放課後に見た本なんてものが本当にあったのなら、そっちの方が驚く。嘘だよ、堀川。ぜんぶ嘘だ」

図書室に重苦しい沈黙が満ちる。

松倉が肩をすくめ、天を仰ぐ。

「たいしたもんだ。遺書は死人の最期の意志だが、そいつを捏造《ねつぞう》しようとは恐れ入った。俺もそう善良な人間じゃないが、それでも、クラスメートの遺書を勝手に書こうとは思いもつかないだろうよ」

「捏造……」

呆然と呟く長谷川先輩の顔色が、赤から白へと目に見えて変わっていく。意識が遠のいたのか、先輩はよろめいてカウンターに寄りかかった。

「あいつのせいだと憎い相手の名前でも書いておいて、死者が最後に読んだ本に忍ばせておけば一丁上がり、ってところか？　あとは自分で見つけて、大発見を公開するだけだ。上手いこと考えたもんだが、俺たちはいちおう図書委員でね。うちの本を変なことに使われるのは気分が悪い。諦めて、その鞄の中の遺書は香田先輩の下駄箱にでも入れてくれ」

険しい視線が、長谷川先輩がずっと持ち歩いている鞄に注がれる。松倉はその中に、長谷川先輩が捏造した遺書が入っていると信じているのか。

「お前」

長谷川先輩は、真っ青な顔でそうなにかを言いかける。

けれど先に飛び出したのは、僕の言葉の方だった。

「なんてことを言うんだ。そうじゃない、松倉、お前間違ってるぞ！」

長谷川先輩の話は、たしかに嘘ばかりだ。香田先輩と長谷川先輩が言葉を交わした放課後なんてものはたぶん存在せず、そのとき香田先輩が読んでいたという本もまた、実在しない。その点で僕と松倉の意見は一致する。だけど、その後が違う。

「あれだけ嘘をついて」

余裕ありげに、松倉は笑みさえ浮かべている。

「遺書だけは本当にあったっていうのか、堀川」

「そうだ。あったはずだ」

あれこれ議論するより、実物を見た方が早い。

「先輩。遺書、お持ちですよね」

長谷川先輩は力なく頷くと鞄を開き、中から白い封筒を出す。

「この中に入ってる。香田に渡されたんだ」

松倉は、ひどく冷ややかにその封筒を見ていた。なんの証拠にもならない、とでも思っているのだろう。たしかに遺書が鞄の中にあったからといって、それが本物だとも偽物だとも言えない。

「松倉。先輩はこの遺書を香田先輩が読みそうな本に隠し、いずれ自分で発見するつもりだったと考えているんだろう？」

「ああ、そうだ」

「僕もそこまでは同じ考えだ。本人を前にして言うのも気が引けるけど、長谷川先輩はあまり本に詳しくない。遺書はいかにも香田先輩が読みそうな本に隠したいが、どれがそうなのかわからず、貸出履歴を見せてもらえばいいと思いついてここに来た。だけど僕たちが断ったから、当てが外れて引っ込みがつかなくなった」

その結果、嘘を重ねることになった。

身の置き所がないようにうつむいている長谷川先輩に、尋ねる。

「そもそも、なぜ本だったんですか」

「……それが一番、香田らしいと思ったからだよ」

松倉はふんと鼻を鳴らした。

「やめようぜ、堀川。こんなの茶番だ。俺は遺書が捏造だと思ってる、お前はそう思ってない。先輩がなにを言っても、信じる理由がないなら俺はそれも嘘だと思うだけだ」

「たしかにそうだ」

僕は頷き、先輩が手に持つ封筒を見る。郵便番号を書く枠もなく、宛先もなにも書かれていない、本当にただ白いだけの封筒だ。

「その中身を見せてもらえますか」

しかし先輩は、それにははっきりと答えた。

「駄目だ」

「見ればはっきりします。先輩だって、松倉にあそこまで言われたら悔しいでしょう」

「もちろんだ。でもこれは香田から預かったもので、俺の悔しさを晴らすために見せる気はない」

筋の通った言葉だ。長谷川先輩が嫌だというのなら、無理強いはできない。見せる気がないんじゃなく見せられないんじゃないのか、と松倉が揶揄するかと思ったが、そんな言葉は聞こえてこなかった。見れば、松倉はひどく渋い顔をしている。頭の切れるやつだ、自分の見落としに気づいたのだろう。

「先輩はさっき、香田先輩は放課後の教室で便箋になにか書いていたように見えたと言っていた。それが単に、嘘の設定に過ぎないのだとしても、そこから遺書は肉筆だとわかる」

「ああ、そうだな。俺は無意識に、パソコンかなにかで作ったものをイメージしていた。筆跡は考えていなかったよ」

しかし松倉は机に手を置き、なおも言い募る。

「だが、三年生が死んだのは一週間前だ。遺書が本物なら、なぜ先輩は一週間もそれを隠しておいて、しかもそれを本に挟んでおくなんて迂遠《うえん》なやり方で公開しようとしているんだ。その一週間は、筆跡を真似る練習のために必要だったとは思わないか」

「思わないな。長谷川先輩は、すみません、あまり字が上手くない。さっき古典の教科書を借りたとき、見たはずだろう。一方で死んだ香田先輩は、文化祭のしおりの題字の書き手に抜擢《ばってき》されるほど整った字を書いた。一週間では追いつけないよ」

僕は想像する。クラスメートが死んでから一週間遺書を公開できず、いま図書室の本から発見したことにしたい理由とは。

明白だ。

「松倉。僕が突然、これを預かってくれと遺書を渡したら、どうする」

「それは……」

「僕が死んでから、実はこんなものがありましたと遺書を出せるか?」

松倉は黙り込み、くちびるを噛む。

「逆の立場だったら、僕は止める。なんとか決心を変えられないかと手を尽くす。それでも死なれたら……」

「やめてくれ!」

突然、叫び声が図書室に響いた。

長谷川先輩だ。顔を覆い、もう一度叫ぶ。

「やめろ、もういいだろう、俺は本を探してくれと言っただけだぞ! それを……なんなんだお前ら！」

松倉は気づいていただろうか。長谷川先輩と香田先輩は、ただのクラスメートではない。親しい友人だった。だからこそ長谷川先輩は、香田先輩の読書の趣味を訊かれたときだけは即答できた。

友人から遺書を預かっていたのに自死を止められなかったら、そのショックはどれほどのものだろう。罪悪感から立ち直り、次のことを考えられるようになるまで、どれぐらいかかるのだろう。そして立ち直ったあと、遺書をどうしようとするだろうか。

知っていたのに止められなかったことを誰にも知られないよう、どこかから偶然発見されたふうを装いたいと思いはしないだろうか。

そのための一週間、そのための本ではなかったか。

だけどそのことを、長谷川先輩の目の前で言うべきではなかった。先輩は鞄をつかみ、もう僕たちには目もくれず、逃げるように図書室を出て行く。


二人きりになった図書室で、松倉が呟いた。

「そうだな。お前が正しいよ、堀川」

小さな溜め息が挟まれる。

「どうも俺は人を信じるのが苦手だ。心からの言葉でも、狙いはなんだと疑っちまう。

その点、お前は偉い。先輩の話をまともに聞いたんだな。尊敬する……これは、言葉通りに受け取ってくれ」

そして、松倉は長谷川先輩が開けたままのドアの先をじっと見つめた。

「だけど……いまのはちょっと、まずかったな」

寒さが不意に染みてくる。窓の外はもう夜で、秋は深かった。

昔話を
聞かせておくれよ

The Book and The Key

1

教職員用昇降口の隣に小さな窓口を備えた部屋があり、そこが学校事務室だということは知っていたけれど、これまで関わったことはなかった。冬が近いある日、昼の弁当を使うのに飲み物がほしくて紙パック入りの緑茶を購買部で買った帰り、その事務室から松倉詩門が出てくるのを見た。「やあ」とだけ声をかけて通り過ぎようと思ったが、ふだん笑うことはあっても照れ笑いということはしない松倉が、まさにそうとしかいいようのない顔を作った気がしたので、少し意外で足を止めてしまった。松倉は彫りの深い顔にもういつもの皮肉めいた笑みを浮かべていて、いま出てきた学校事務室を振り返って肩をすくめた。

「昼休みに来いっていうから指定通りに来たのに、昼飯食ってた。迷惑そうな顔をして、はいはい、なに？　だとよ。理不尽だろ」

「それはひどいな」

と言いながら、僕には話が見えていなかった。

「で、呼ばれたって、誰に」

松倉は、いま出てきた学校事務室をちらりと振り返る。

「そりゃあ、事務の人だ。名前まではちょっとな」

「そうか」

一瞬だけ、言葉も動きも途切れた。それで松倉の心づもりは充分にわかった。

僕は、ただの二年生であり一介の図書委員に過ぎない松倉詩門が、なぜ昼休みの学校事務室に呼び出されたのかを知りたかったのだ。そして松倉は、僕がそれを聞きたがっていることを察してなお、なにも言わなかった。つまり言いたくないのだろう。だったら、僕だってどうしても知りたいわけじゃない。手に持った紙パックを軽く持ち上げる。

「僕はお茶を買ってた。じゃあ」

そう話を終わらせて行こうとしたら、苦笑気味の声に止められた。

「いや、話が長くなるかと思っただけで、別にごまかしたわけじゃないんだ。学費を払っていたんだよ」

「学費？」

「うちは自動引き落としにしていたんだが、たまたま物入りが重なったせいで残高が足りなくて、落ちなかったらしい。で、直接持って来いって言われた」

「ああ」

「なんだ。話してみれば、短い話だったな」

窓口の向こうで、セーラー服が動くのが見えた。学費を払いに来たのは松倉一人ではなかったようだ。うちは公立校なので学費は安いはずだけれど、松倉の家がどうやらそうだったように、間が悪ければ一時的に口座の残高が足りなくなることもあるだろう。ふと好奇心で窓口から中を覗くと、見知った横顔が見えた。三年生の元図書委員、浦上先輩だ。

浦上先輩は、この学校の図書室を図書委員会の遊び場に変え、ほかの生徒から敬遠される場所に変えてしまった張本人のひとりだ。そして、今年の夏の初めごろ、僕と松倉にある問題を持ち込んできた人物でもある。僕たちは浦上先輩の頼みを聞き、謎めいた言葉の真意を解き明かし……先輩の目論見を叩き潰した。もしかしたら先輩は逮捕されるのではと思っていたけれど、こうして学校にいるところを見ると、そんなことはなかったらしい。

いずれにしても、顔を合わせるのはちょっと気まずい相手だ。松倉の顔を見ると、小さな頷きが返ってきた。

「行こう」

二年生の教室は三階にある。階段を上りながら、僕は訊いた。

「先輩、なにか言ってたか？」

「なんだ堀川」

からかい声が返ってきた。

「まだ浦上先輩に興味があるのか。やめておけよ、あれは悪い女だ」

「そんな話はしてないだろ」

たしかに浦上先輩は美人だし、以前はもっと話をしたいと思っていなくもなかった。けれどあの日、先輩たちが企《たくら》んでいたことを知ったとき、そんな興味は消え失せた。

「恨まれてるだろうからな、嫌みでも言われなかったかと思って訊いただけだ」

「そういうことなら、なにも言ってなかった」

一年生がぱたぱたとスリッパの音を立てながら階段を駆け下りてくる。踊り場の掲示板に貼られた交通安全のポスターで、名前の知らない俳優が微笑んでいる。僕は浦上先輩の横顔を思い出す。

「……先輩があんなことをしたのは」

「堀川」

松倉が僕の言葉を封じた。

「そいつは臆測だ」

「まだなにも言ってない」

「じゃあ、お前がいまから言うことは臆測だ、という予言にしておいてやる」

「お前、予言者だったのか」

「将来の夢だよ。小学校の卒業文集にも書いた」

僕はこう言おうとしたのだ。先輩があんなことをしたのは、学費のためだったのか？しかしそれは、なるほどたしかに、臆測に過ぎない。

乾いた笑いを交わし、階段を上りきって僕たちはそれぞれの教室に戻る。飲み物を買ってくるのにずいぶんと時間を取られ、昼休みはもう十五分ほどしか残っていない。まあ、弁当をかき込むには充分な時間だろう。

2

一週間が経った。

放課後の図書室で、僕は図書委員としての雑務に勤しんでいた。返却された本を書架に戻し、督促状を書き、傷んだ本を補修し、数少ない利用者に笑顔で貸出の手続きをしていたのだ。その間、松倉は隣の椅子にどっかりと座って脚まで組み、悠揚《ゆうよう》迫らぬ態度で新聞を読んでいた。

いや、もしかしたら読んではいなかったのかもしれない。なにしろ僕が気づいた限り、松倉は三面を開いたまま、一度もページをめくらなかったのだから。松倉らしくもない、なにも考えていないようなぼんやりとした顔で、同じページを飽きもせずに見つめ続けていた。

晩秋の短い日が落ちていき、図書室の窓から見える空が暗くなって、室内に僕たち二人だけになった頃、ようやく松倉は新聞を閉じ、こともあろうに、こう言ってのけた。

「暇だな」

委員としての仕事をぜんぶ放棄していたのだから、それはさぞ暇だったことだろう。なにか言ってやりたいが、あまりのことに言葉が出てこない。僕の一瞬の絶句を無視して、松倉は大きく伸びをすると、

「昔話でもしようぜ」

と訳のわからないことを言い出した。

「なんだって？」

「昔話。なんでもいいぞ」

思わず、松倉の顔を凝視してしまう。当然のことながら、高校二年生の松倉詩門に昔話を提案されるのは初めてだ。というか、生まれてこの方、昔話をしようと言われたことがない。いったいなにを企んでいるのかと表情を窺うが、至って涼しい顔で、ふだんと同じようにちょっと退屈そうにさえしているところを見ると、暇な時に昔話を聞くのは松倉にとっては当たり前のことなのだろうか。まさかそんなこともないだろうとは思

うけれど、一概に否定は出来ない。なにしろ僕はこの春に松倉と知り合ったばかりで、いくらか風変わりな経験を共にしたことはたしかだけれど、それで彼のなにかがわかったような気はしていないのだ。もしかしたら松倉は柳田國男《やなぎたくにお》かグリム兄弟の向こうを張る民話収集家なのかもしれない。

取りあえず、

「藪から棒だな」

と異を唱えると、松倉は椅子の背もたれに深く体を預けた。

「テーマがいるか？」

「そういう問題じゃない」

「物語の基本は復讐《ふくしゅう》と宝探しだそうだ」

「話を聞けよ」

「復讐はきな臭いな。宝探しでお互い一席ぶつというのはどうだ」

どうやら松倉は、本気で僕に昔話をさせたいらしい。どんな思惑があるのか、それともなんの思惑もないのかさっぱり読めないけれど、松倉詩門たってのご希望とあらば無下にも出来ない。テーマは宝探し、なにか話せることがあっただろうか。

「……で、どっちから話す？」

そう訊くと、松倉はにやりと笑った。

「話してくれるのか。驚いた」

「冗談だったのか？　だとしたら、ずいぶん面白くない」

「いやいや、感謝してる。順番はコインで決めるのはどうだ」

「コイン？　気障《きざ》だな」

「じゃんけんの方がよかったか」

「まあ、なんでもいいよ。僕は裏に賭ける」

松倉は肩をすくめると、学生服のポケットから十円玉を取り出し、指で弾《はじ》いた。回転しながらふんわりと舞い上がる十円玉を空中でつかみ取り、ゆっくりと開くと、平等院鳳凰堂《びょうどういんほうおうどう》が現われた。

「表だ」

「こっちが表面だっていうのが、どうしても納得できないんだよな」

「文句なら造幣局に言ってくれ。俺は後攻を選ぶ。お先にどうぞ」

さて困った。腕組みをしてなにをどう話そうかと唸っていると、松倉が少し気の毒そうな顔をした。

「別に桃太郎でもいいぞ」

桃太郎が宝探しの話だとしたら、桃から生まれた彼が鬼ヶ島に乗り込んだのは人々を困らせる鬼を退治するためではなく最初から財宝が目当てだったということになり、まったくやりきれない殺伐とした物語になる。

「宝島でもいい」

「スティーブンソンのか？　読んでないんだよな……」

「おい、図書委員！」

「なんだよ図書委員、お前は読んだのか」

「新宝島は読んだな」

手塚治虫《てづかおさむ》じゃないか。それとも乱歩か？　いい加減なやつだ。

さて。

秋の終わりの放課後に風変わりな学友に話すのに、「むかしむかし」で始めるのもいささか芸がない。これまであまり人に披露はしてこなかったけれど、こんな思い出話はどうだろう。あまり芝居がかって聞こえないといいけれどと思いながら、僕はおもむろに語り始める。

「小学校の二年だったかの夏、三人の親戚と市民プールに行ったんだ。知ってるかもしれないが、ふつうのプールのほかに競泳用のプールと子供用の浅いプールがあって、僕たちはその浅い方に入っていた」

おとぎ話でないのがよほど意外だったのか、松倉は一瞬、目を見開いてぽかんとした顔をした。しかしすぐに小さく頷くと、あとは冷やかすでも茶々を入れるでもなく、黙って耳を傾けている。

「子供だけじゃ入れない決まりだったから、引率の大人も一人いた。僕の親父という人は忙しくて基本的に家にいないんだけど、そのときはなんの巡り合わせか、その親父が引率をしてくれていた。人相が悪いんだけど、子供相手だからか、ずいぶんにこにこしていたような記憶がある」

「人相が悪い？」

そう呟いて、松倉はちらりと僕を見る。

「父親には似なかったんだな」

自覚があるが、僕はどちらかと言えば童顔だ。母親似だとはよく言われる。

「親戚というのは男ばかりでおおよそ同年代、僕を含めて四人だった。そうだな、ノッポ、オオゴエ、メガネの三人がいたと思ってくれればいい。どっちにしろ名前はあんまり関係ないんだ。ノッポとオオゴエは一つ年下で、メガネは同い年だけど引っ込み思案で無口だから、僕がなんとなくリーダーみたいな立場になった。それでしばらくは水をかけあったり泳ぎの真似事をしたり、まずまず楽しく遊んでいたけれど、いまにして思えば、子供が自由に遊びまわるのは親父にとっては不都合だっただろう。子供を預かっているのに、水場で野放図に動きまわられたんじゃ目が届かない。そこで、ということなんだろう。親父は僕たちを集めると、ゲームを提案してきた。防水仕様の財布から百円玉を三枚出して、これをプールに沈めるからみんなで探してごらん、と言ったんだ。見つけたら持ってこい、とね」

思いがけず、松倉は少し目を細めた。

「懐かしいな。俺もやったよ、おはじきかなにかで」

「おはじきならなにも起きず、夏の楽しい思い出で終わったんだろうけどな」

百円玉を使ったのはほかになかったからだろうが、結果から言えばあれは親父の失策だったと言えるかもしれない。

「親父が百円玉を沈めるあいだ、僕たちは後ろを向いていた。オオゴエはちょっと小狡《こずる》いところがあって、ちらちら後ろを見ようとするんだが、ほかの三人でそれとなく牽制《けんせい》した。僕は、メガネが耳を澄ませているのに気づいていた。親父が立てる水音で、どこに百円を沈めたか量ろうとしていたんだろう。僕も同じことを考えないわけじゃなかったけど、すぐに無駄だとわかった。親父は行動が読まれないように、わざと水音を立てながらあちこち歩きまわっていたんだ」

「いい親父さんだ」

「そうかな？　まあとにかく、親父がもういいぞと言ったから、僕たちは歓声を上げて宝探しを始めた。僕は、親父が排水口の近くに百円を置くはずがないと思ったから、見える範囲の排水口から出来るだけ離れた場所を探して、二、三分で見つけた。それから少しして、オオゴエがものすごい声で、あったと叫んだ」

松倉はやたら感心したように頷いた。

「それでオオゴエか。なんだろうと思ったんだ」

「伏線ってやつだな。さてそれから、なかなか残りの一枚が見つからない。業を煮やした僕たちは子供用プールを四分割して手分けしたけど、やっぱり見つからない。最後には親父も出てきて、この辺のはずだがと言いながら探したんだが、それでも見つからなかったんだ」

ふと、皮肉な笑みが松倉の顔に浮かんだ。話の先を読んだのだろうが、なにも言ってはこない。

「それで、これは見つからないっていう話になって、僕たちはプールサイドに集まった。その頃の僕は自分の金なんてめったに持ったことがなかったから、百円と言えば大金で、これはとんでもないことになったぞと怯《おび》えていた。親父は腕を組んで難しい顔をして僕たちをじっと見て、それから、『もし宝物がぜんぶ見つかったら、みんなにアイスを買ってやるつもりだったんだがな』と言った。僕たちはちょっとざわついたよ。アイスのためにもう一回、たとえプールの水を抜いてでも絶対に見つけてやるって雰囲気になって、あれこれ言い合っていた。……いや、これは正確な言い方じゃないな」

「一人、乗れないやつがいたんだろう」

僕は笑った。

「まあ、わかるよな。ただ、一人じゃなくて二人だった。僕は、この中の誰かが百円玉を見つけ、それを親父に返したくなくて隠していると踏んでいた。三人揃って短パンの水着一丁で、手は三人とも握り込んでいない。それでも誰かがお宝を隠している……。どうだ、松倉なら、それが誰だかわかるんじゃないか」

そう言われ、松倉は肩をすくめた。

「オオゴエって名前同様、伏線はちゃんと張ってあるってことか？」

そして、さほど手柄顔もせずに言う。

「メガネだろう。引っ込み思案で無口と言っていたな。ずっと黙っていても疑われにくいわけだ。アイスというご褒美を目の前にぶら下げられても、なにも言わなかったんじゃないか。……言えなかったはずだ。百円は、口の中だ」

僕は二、三度手を叩いた。

「お見事」

「お前の話し方がフェアだったからな」

それほど公正を心がけたつもりはなかったけれど、評価していただけたのは光栄だ。

メガネと仮に名付けた親戚は宝探しで百円玉を見つけたけれど、それを僕の親父に返すのが惜しくなり、自分のものにしようと口の中に隠した。メガネの家は割と裕福だったはずだけど、家の財政状況と小学二年生が自由に使える金があるかどうかというのは別の話だったのだろう。

「そのメガネは」

　ふと、松倉が訊いてくる。

「自分から百円玉を出したのか？」

　さすがに松倉は嫌なところを突いてくる。

「いや。僕が、口の中だろうと指摘して、出させた」

「そうか」

　少し間があった。

「そいつは、親父さんの配慮を無にしたな」

「……まあね」

　プールから戻った後、親父は僕にこう話した。百円玉を隠した子を見つけ出したのは、よくやった。物事をよく見て、自分で考えた結果だ。えらいぞ。次郎は賢くなったな、父さんは嬉しい。

　だけど、あれはよくなかった。ほかの親戚の子もいる場所で、お金を隠しているのはお前だと決めつけたのは、よくない。次郎、人には心というものがあるんだ。ほかに方法がなければ仕方がないが、必要もないのに人前で恥をかかせるような言い方をしては、可哀想《かわいそう》だろう。もう一緒に遊んでもらえなくなるぞ。

　小学生だった僕は、親父の言うことがよくわからなかった。悪いのは百円玉を隠したメガネで、僕はそれを明らかにした正義のヒーローだったはずなのに、どうして僕が怒られるのかまったく納得がいかなくて、しばらく拗《す》ねていたような記憶がある。

　思えばあのとき親父は、すべての百円玉が見つかればアイスをおごると言うことで、メガネに自白のチャンスを与えていたのだ。もう一度プールを探そうということになれば、メガネはそっと百円玉を吐き出し、たったいま見つけたような顔をしてそれを高く掲げていただろう。僕たちは上機嫌でアイスにありつき、夏の一日は楽しい思い出で終わっていたはずだ。親父は後で、メガネをそっと叱ったことだろう。

　あの日、親父は僕に正しさのあり方について教えてくれた。幼い僕はそれが理解できず、そしていまもたぶん、充分にはわかっていない。

　昔話をせがまれ、このプールの話をしようと考えたとき、僕はただ夏の日の思い出をしゃべるだけのつもりだった。それなのに松倉は、親父の作戦にも、僕が親父の作戦を台無しにしたことにも気づいてしまった。言いたいことだけを言うのは難しい。言いたくないことまで伝わってしまう。言いたいことの方は、たいてい歪んでしまうのに。

　僕は苦笑いし、ぽんと一つ手を叩いた。

「めでたしめでたし。僕の昔話はこれで終わりだ」

次はお前だという意味を言外に込める。

松倉は、もちろんその含みに気がついた。自分から言い出したくせに、ちょっと面倒そうな顔をして、しばらく天井を睨んでいる。

小さく溜め息をつき、なにか思いきったように、松倉はこう切り出した。

「むかしむかし」


「具体的には六年前、あるところに、自営業者がいました」

意外と最近の話だった。

「商売は上手くいっていたようですが、後ろ楯のない仕事の将来が不安だったらしく、自営業者は儲《もう》けの中から少しずつ現金をプールしていたそうです。……偶然だな、俺もプールの話だ」

「そうだな」

「ある日、自営業者の近所に空き巣が出ました。被害は数百円ほどでしたが、なにしろ物騒な話だと近所の噂になり、自宅に現金を持っている自営業者はなんとなく嫌な気持ちになりました。空き巣は三件、四件と続き、自営業者が不安になったところで警官が家に訪ねて来て、自営業者に怪しい人を見なかったかと訊き、そのついでのように、もし多額の現金をお持ちならどこか安全な場所に移した方がいいと言いました。自営業者はたしかに一理あると思って家の中の現金をまとめて、どこかに持っていったのです」

松倉の声は、渋みがかって重い。めったにあることじゃないが、ドスを利かせて話すときなどは、これが同じ高校二年生かと思うような迫力がある。その声が敬体で話すのを聴くのは、不思議と心地いいような感じがする。

「数日後、自営業者の近所を荒らしていた空き巣が捕まりました。その正体を知って、自営業者は驚きました——あの警官だったのです。およそ、宝物の隠し場所がばれるのは、疑心暗鬼にかられて隠し場所を変えようとするときだと相場が決まっています。泥棒は自営業者が小金を貯め込んでいることをどこかから聞きつけ、小さな盗みで不安を煽《あお》り、警官に化けて揺さぶりをかけて、自営業者に金を移動させようとしたのです」

「なかなか気の利いた泥棒じゃないか」

「捕まらなければ、な」

声をふだんの調子に戻して、松倉は薄く笑う。

「自営業者の行動は、泥棒に見張られていた。泥棒は上手く小細工をやったが、下らないことで捕まった。策士策に溺れると言えば聞こえはいいが、単に詰めの甘い間抜け野郎だよ」

「下らないことって？」

「さあな……。続けていいか」

手振りで先を促すと、松倉はわざとらしく一揖《いちゆう》し、咳払いまで付け加えた。

「さて。泥棒は捕まりましたが、問題は金です。泥棒に騙されたことを知った自営業者は金を戻そうと考えたようですが、運命というのはどうにもくそったれなもので、実際に金を戻す前に自営業者はある日、急なことで……どう言えばいいかな……まあ、あれだ。星になってしまいました」

なんと言えばいいか、わからなかった。

松倉の家族については、詩門という変わった名前をつけたのが父親だと聞いたことがあるぐらいで、ほかはほとんどなにも聞いていない。もっとも、それが不自然だというわけではない。特に意識的に避けてきたわけではないけれど、小学校入学から高校二年の今日まで、学校で家族のことを詳しく話した経験はほぼ皆無だといっていい。家族のことは、学校という小空間にふさわしい話題ではないのだ。

僕がさっき親父を自分の話に登場させたのも、親父について話したかったからではなく、見つからなかった百円玉という昔話をするのにどうしても必要だったからにほかならない。けれど松倉は、三人称という形を取りながらではあるけれど、明らかに自分の家族のことを話している。出し抜けに打ち明けられた家族の事情に、僕はどうしても、言うべき言葉を見つけられなかった。

「そんな顔をするなよ」

松倉は平気な顔で笑う。

「親父のことは、もうとっくに終わったことだ。……ただ、昔話はまだ終わってない」

天井を見上げ、どこか投げやりな口ぶりで話を続ける。

「……残された息子は、父親が隠した金を見つけたいと思いました。どこかに隠したままでは、誰かが偶然見つけてしまわないとも限らないからです。それから六年間、あらゆる場所を探し、絞れるだけの知恵を絞って、そのせいか隠し事には少々鼻が利くようになりました。最近になって、一文の得にもならないのに他人の相談に乗る変わったやつと知り合ったこともあり、思いもかけずひとの問題を解決したりしなかったりするようになったのです」

カーテンを開けたままの窓から、冷気が忍び寄ってくる。

「しかし……それでも、宝物は見つかりません。十中八九、とっくに誰かに盗まれたのだろうと思ってはいるのですが、その証拠もないので諦めることもできず、いまでも時々……たまらない焦りに襲われるそうです」

肩をすくめて、松倉は締めくくる。

「めでたし、めでたし」

「いや、めでたくはないだろう」

開口一番そう言うと、松倉はくくっと忍び笑いを洩らした。

「せっかくの熱演に、つれない感想だな。手ぐらい叩いてもいいんだぞ」

「未完の大作に手なんか叩けるもんか」

「そう言われても、この話はここで終わりなんだ」

「テーマは宝探しだと言ったのは松倉だぞ。宝探しの話は、たとえその宝が時代遅れのがらくたでも、ポケットには大きすぎるものでも……」

「クレヨン画の『わたしのおじいちゃん』でも？」

「そうだ、クレヨン画の『わたしのおじいちゃん』だったとしても、見つからなきゃ終わらない」

頭の後ろで手を組んで、松倉は口の端を持ち上げた。

「そうは言うが、正直なところお手上げだ。山に埋めたか川に沈めたか、本人以外わからんところに隠したんだろう。でなきゃさっき言った通り、もう盗られたか」

「手がかりは？」

「六年探したんだ、ぜんぶ当たったさ」

組んだ手をほどき、松倉は両手を上げてみせる。

「お手上げなんだよ。そりゃあ、忘れられるもんじゃないが、実際のところ、親父のお宝のことは昔話なんだ。終わった話だから、こうしてお前にも話せるのさ」

そうは言うが、松倉に手も足も出ない問題があるということが、僕にはなんとなく腑《ふ》に落ちなかった。さすがに高校二年生ともなれば、すべての懸案には適切な解決策があると考えるほど僕も幼くはないが、それでも松倉詩門にはそういう理不尽は降りかからないような気がするのだ。

もっとも、

「松倉が駄目なら、僕にどうこうできる話じゃないだろうけどな」

ところが松倉は、不意に真面目な顔をした。

「いや、お前は切れるよ。お前自身が思っているより、ずっと切れる」

「どうしたんだ、いきなり……」

僕は笑っていたらしく、松倉が眉根を寄せる。

「冗談で言ってるんじゃないんだ。こう言っちゃなんだが、俺は割と、裏のある話に勘が働く。それで得をしたこともあるし、危ない話から逃げたこともある。だからお前が他人の相談を真に受けて、ろくでもない裏があるってわかりきってる話にほいほい乗るのを見るのは、あんまり気分のいいもんじゃなかった」

「そんなに騙されやすいかな……」

「いや、ふつうなんだと思うぞ。俺だって横で聞いていたから岡目八目でさてはと気づいただけで、真正面から俺自身を騙しにかかられたら、いつも見抜けるなんて自信はないさ。でもお前は……上手く言えないが……ひとの話を真に受けたまま、疑うことができる。意味わかるか？」

さっぱりわからなかった。褒められているわけではないような気がするけれど、それすら気のせいかもしれない。

「そうだな……こういう言い方はどうだ」

低い声で、松倉は言う。

「俺にとって、疑うってのは性悪説だ。自分に笑顔で近づいてくる人間はどいつもこいつも嘘つきで、本音を見抜くにはこっちにも策がいると考える。ところがお前は、そうじゃない。性善説と言えば言いすぎだが、相手の言葉の枝葉に嘘はあっても、その嘘の根底にはなにか真っ当なものがあると信じている節がある」

「僕がお人好しだって言いたいのか？」

「違う」

ふと、松倉が窓の方を見た。

「いいやつだって言いたいのさ」

おかしな話だ。

松倉は僕をいいやつだと言う。まるで、自分とは違うとでも言いたげに。だけど僕に言わせれば、こいつだって相当なものだ。松倉は浦上先輩の時のことや、植田の一件、それに長谷川先輩の話なんかを下敷きに、僕のことを許しているのだろうが、本当に気づいていないのだろうか。そのぜんぶで松倉は、彼の主観では嘘に踊らされているに過ぎない僕と一緒に、なんとか解決を導き出せないか探っていたじゃないか。僕はただ人の頼みを断れなかっただけだ。いいやつは、松倉の方だ。

そうしたことを、僕は口にはしなかった。代わりに、

「つまり」

と言った。

「松倉の意見じゃ、僕たちは問題に対してそれぞれ違ったアプローチが出来る、ということになるな」

話をかわされた松倉はあまり愉快そうでもなかったが、少し考えて答えた。

「まあ、そういうことになるか」

「じゃあ、松倉が行き詰まったその宝探しにも、なにか新しく気づくことがあるかもしれないってことだ」

「それは」

いつになく口ごもり、松倉はそっぽを向く。

「そう期待したことが、ないでもなかったが」

「決まりだ」

けれど松倉は、まだ歯切れが悪かった。

「気持ちはありがたいが、難しいぞ。なにしろ手がかりが……」

そう言いかけるのを手振りで止めて、僕は壁の時計を指さした。もう六時をまわっていて、図書室の閉室時刻どころか下校時刻も過ぎている。

「時間切れだ。明日にしよう」

松倉は開きかけた口を閉じ、ひどく無愛想な調子で、

「ああ」

とだけ言った。

3

僕と松倉が図書当番としてカウンターに座るのは週に一度だけで、その日はシフト表で決まっている。次の当番は来週の月曜なので、翌日の放課後、僕たちはまずどこで話をするかを決めなくてはならなかった。

「学校は嫌だな」

という松倉の言い分はもっともだ。図書室にせよどこかの教室にせよ、学校では顔見知りと会うことは避けられないし、そもそも校内で宝探しの話をするのはなんとなく後

ろめたい。

「どこかいい場所を知ってるか？」

「知らんこともないが……」

松倉が案内してくれたのは駅前の一角、消灯したネオンの看板が並び、換気扇や室外機の低い唸りが微かに響く、狭い路地だった。僕は近くにこんな場所があることさえ知らず、水たまりを避けながらおどおどと歩くが、松倉は堂々としたもので足取りにも迷いがない。雑居ビルの一階、飴色の古く小さなドアの前で立ち止まって、

「ここでいいか」

と訊いてくる。目で探すけれど、看板も見つからない。

「いいかって……ここ、飲み屋だろう。スナックとかじゃないのか」

苦笑いが返ってきた。

「バーと言ってやれよ。大丈夫、六時までは喫茶店なんだ」

返事も待たず松倉はドアを押し開け、長身をかがめて、暗い店内へと入っていく。僕もその後に続く。

店内は、見かけの印象よりは広かった。壁面の棚には酒瓶がずらりと並び、カウンターは電灯の明かりを鈍く反射している。色鮮やかな花を挿した花瓶の向こうから、髪に白いものが混じった痩せた男が、

「いらっしゃい」

と小さく声をかけてくる。

空間には煙草の匂いが染みついている。ボックス席は二つあり、そのどちらも二人掛けだ。松倉は入り口から遠い方のボックス席を選び、小さな椅子にためらいなく腰を下ろす。

「どうした堀川、座れよ」

前に洒落た美容院に行ったときは借りてきた猫のようだった松倉が、バーでこれほど悠然と構えている、その落差が腑に落ちない。松倉には悪いがどうにも落ち着かなくて、僕はそっと椅子に座った後も、視線をうろうろと店内にさ迷わせる。

「コーヒーでいいか？」

「……ああ」

「心配するな、ふつうの値段だよ」

こういうところのコーヒーは高いのではと心配した心のうちを、ずばりと見抜かれた。

松倉はカウンターの男に顔を向け、

「佐野《さの》さん、コーヒー二つお願いします」

と快活に言った。

「なんだ、顔見知りか」

「そりゃあそうだ。面識もないのに高校生が入れる店じゃないだろう」

当然のように言うが、こいつならひょっとして、と思ってしまう。僕を含め学生はしょせん学校が世の中のすべてだが、松倉には、もしかすると少し違う世界も見ているのではと思わせるところがあるのだ。

「佐野さんは親父の知り合いでね。子供のころからお世話になってるんだ」

ふと見ると、店主は僕の視線に気づいて小さく会釈をしてくれた。

「ここなら邪魔は入らない。悪巧みにはうってつけだろう」

「別に悪いことを考えるつもりはないぞ。さっさと話を始めてくれ」

「いや、コーヒーが来てからにしよう」

やがて、デミタスカップでコーヒーが運ばれてくる。店主はトレイを持ってカウンターに戻ると、酒棚の隅に目立たないように置かれたコンポを操作した。どことなくかすれた音で、ギターの音色と太く甘い男の歌声が流れ出す。

「インク・スポッツか」

そう呟くと、松倉が目を見開いた。

「堀川……お前、いくつだよ」

「お前だってわかってるじゃないか」

お互い、カップに一度口をつける。コーヒーの味の良し悪しなんて僕にはわからない。

ふつうのコーヒーだと感じた。

「問題は」

カップを置き、松倉が切り出す。

「親父がいなくなってから、俺たちがすぐに引っ越したことだ。親父の私物は持ってきたが、シンプルな生活をする人で、服を除けば持ち物は少なかった。その少ない私物は、六年のあいだに何度も調べたし、手がかりらしいものはぜんぶ追ったが、なにも見つからなかった」

仮にも宝探しの話だ。店主に聞かれることは気にしなくていいのかと思ったけれど、松倉の声はやや小さく、しかも音楽にかき消されて、カウンターの内側までは届きそうもない。あるいは音楽をかけたこと自体、ひとの耳を気にせず会話ができるようにという店側の気遣いだったのかもしれない。

「ただ、お前の言う通り、お前の物の見方は俺とは少し違う。それにそもそも、俺が親父に近すぎて見えなくなっていることや、思い込んでいることがあるかもしれん。お前の視点がそれを正してくれるかも」

「期待してもらうと心苦しいな、駄目で元々だと思ってほしい」

「こう言うと悪いが、そのつもりだよ。気楽に聞いてくれ」

松倉は通学用の鞄を開け、小振りなメモ帳を出した。付箋が貼ってあるページに、几帳面な文字でリストが作られている。

「親父の持ち物のリストだ。ボールペンやタイピンなんかの小物は書いてないが、そういうものもぜんぶ調べたってことは言っておく」

薄暗い照明の下、僕はリストに目を凝らす。

・財布（運転免許証、クレジットカード、キャッシュカード、保険証、診察券入り）
・ポータブルオーディオプレイヤー（中身なし）
・携帯電話
・文庫本（ブックカバーつき。水上勉《みずかみつとむ》、遠藤周作《えんどうしゅうさく》、三浦綾子《みうらあやこ》ほか）
・キーホルダー（家の鍵、車の鍵つき）
・マグカップ、湯呑み
・手帳

「文庫本ってのは？」

「そこに書いた作家のは、『飢餓海峡』『海と毒薬』『泥流地帯』……代表作だ。意外なセレクトはない。ほかにも小説は何冊かあったし、ノンフィクションものもあったが、全ページ見てもなにもなかった。古いこと以外は、本屋に売ってあるのと変わらん」

「携帯は」

「連絡先は家族と親戚ばかりで、あとは近所の中華料理屋とか、床屋とかだった」

当然調べているか。でも、かえってそこが引っかかった。

「ぜんぶ、プライベートな連絡先だな。僕の親父だったら、仕事関係の連絡先も入っていそうだけど……」

松倉が頷いた。

「それは俺も不思議に思った。仕事関係は電話を分けていたんじゃないかと思うが、見つかった携帯は一つだけだ」

「探したんだよな？」

「念入りに、な」

ならば、仕事用の携帯電話は存在しないか、目指す宝と同じぐらい見つかりにくい場所にあるということだ。

「訊いていいのかわからんが、親父さんの自営業ってなんだったんだ。店をやっていたのか」

すると松倉は、難しい顔をした。

「子供のころは、セールスマンだって聞かされていた」

「自営のセールスマン？　そんなのあるのか」

「俺に訊かれたって困る。あるんじゃないか。俺たちとはよく遊んでくれたが、泊まり込みも多かったな」

セールスマンと一口に言っても、売るものは幅広い。ストッキングを売っていたのかもしれないし、古美術を扱っていたのかもしれない。いずれにしても、松倉が知らないということは、家族に引き継げるような店は持たずに商売していたのだろう。

父親の仕事の内容を松倉が詳しく知らないのは、それほど不思議だと思わなかった。僕だって、親父の仕事の内容を詳細に話せと言われても、正確に説明できるとは思えない。まして父親がいなくなったのが六年前なら、そのころ松倉は小学生だ。

携帯に手がかりがないなら、注目すべきは一つだ。

「当たり前だけど……手帳が気になる」

「まあ、そうだよな」

松倉は再び通学鞄を開いた。

「そう言うと思って、持ってきた」

黒い手帳がテーブルに置かれる。表紙は革のように加工されたナイロン製で、さほど高級なものには見えない。表紙の上の方に六年前の西暦が、下の隅に見たことのないマークが金箔《きんぱく》で押されているほかは、なにも書かれていなかった。大きさは新書判ぐらいで、厚みはない。手を伸ばしかけて、引っ込める。

「……見ていいのか？」

あきれ顔が返ってきた。

「この期に及んで、駄目だと言うと思うのか」

「いちおう、礼儀だよ」

「ご丁寧なことだな。どうぞ、見てくれ。……って、俺の物じゃないが」

手帳は、見た目通りに軽かった。

ほとんどのページが白紙で、ところどころに走り書きのような書き込みがある。最初は一月二日で、「古河《こが》　アイサツ」とある。

「茨城の古河市のことだ。お袋の実家がある。年始の挨拶に行った」

うちも両親の実家は遠いけれど、年始には行っていない。

「やっぱりこういうのは行った方がいいのか」

「俺が知るかよ」

ばっさりと答えられた。まあ、もっともだ。

「親父は居心地悪そうだったな。向こうにいるあいだは、煙草も我慢してた」

「いじらしいな……」

言いながらページを繰る。二月、三月にはなにも書き込みがない。次に走り書きが見つかったのは四月の頁だ。走り書きの字に指を乗せ、僕はそれを読み上げる。

「四月三日、上高地《かみこうち》」

この六年、折に触れて思い出していたのだろう。松倉はすぐに言った。

「ハイキングだ。まだ雪が残ってた。弟は飛び跳ねていたが、正直に言って俺は寒かったことしか憶えてない」

「五月二十一日、ハイシャ」

「負け犬のことじゃない、歯科医の方だ。そこから十日おきぐらいに通ってる」

ページをめくると、たしかに定期的に四回ほど通っている。

ふと気がついて、松倉のメモ帳の方を見る。財布に診察券が入っていたはずだ。

「財布の中の診察券ってのは、この歯医者のか」

「ああ。近所の、痛い歯医者のやつだ。あと、日赤の診察券もあった」

歯医者に通っていたことと、現金を隠したこととの関係は……。ありそうもないか。

歯医者に金を預けたのではと想像することはできるが、それだったらこの店の店主の佐野さんの方がよほどあり得るだろう。

「八月一日、熱海《あたみ》」

「海水浴に行ったんだ。人が多かったな。あと、海の家で買ったとうもろこしが旨かった。ゴーグルを持っていかなかったから目が痛くて、ろくに泳げなかった」

「八月十六日、古河。八月十七日から十八日、那須《なす》」

「家からテントを持っていって、盆のついでにキャンプをしたんだ。弟がひどい車酔いでまいったよ。まあ、楽しかったよ。バーベキューも初めてだったしな」

そこから先は空白が続く。

春休みに一度、夏休みに二度、家族で遊びに行っているというのは正直に言って少しうらやましい。僕は、それこそ近所の市民プールに連れて行ってもらうのが関の山で、キャンプや海水浴をした記憶はない。

それはさておき、手帳もプライベートなことしか書かれていなかった。ということは携帯と同じで、やはり仕事用の手帳も別にあったのかもしれない。当然気づいているだろうとは思うけれど、いちおう念を押しておく。

「仕事用の手帳があったんじゃないか？」

「探したが、なかった」

やっぱりそうか。

空白が続くページをめくっていくと、十一月三十日の欄に、ボールペンの先でつついたような印がついている。もう一ページめくると、十二月十二日にも同じような印があった。

「松倉。この小さな点は、なんだかわかるか」

身を乗り出して手帳を覗き込み、松倉はすぐに小さく、なんだ、と呟いた。

「それは、なんでもない」

「なにか意味があるんだな。秘密なのか？」

「そんな大層なことじゃない。俺と弟の誕生日だよ」

言葉に詰まった。

休みごとに子供たちを山に海に連れて行く父親だ。誕生日にもなにか考えていたのかもしれない。けれど、手帳の予定は空欄のままだった。

「親父さんの……命日を訊いてもいいか」

松倉は無表情に答えた。

「八月十九日に、いっちまった」

なら、松倉の六年前の誕生日には、もう父親はいなかったことになる。

インク・スポッツの歌声とピアノが流れていく。気がつくと、カウンターの内側に佐野さんはいなかった。コーヒーを飲み、ひとつ息をつく。松倉が僕の手から手帳を取り、数ページめくって、見飽きたとばかりにテーブルに置く。

「なにか、わかったか」

わかったというにはあまりに弱い事柄だけれど、ひとつ気づいたことはあった。

「けっこう、アウトドアのレジャーに行ってるな」

「まあ、そうだ」

気のない返事だ。見ればわかるようなことを言われたのだから、無理もない。けれど僕が気にしているのは、その先だ。

「実家が古河。古河市は茨城県」

「ああ」

「ハイキングが上高地、長野県。熱海は静岡で、那須は栃木のはず。熱海や古河は電車でも行けるだろうが……。これ、どうやって行ったんだ？」

　松倉が、ほうというような顔をした。

「……車だ。上高地は自家用車では入れなくて、近くに車を駐めてバスに乗ったが、それ以外はいつも親父の車だった」

　この街はバスと電車が充分に走っているので、自家用車を持たなくても生活していける。車を持たない世帯も多いだろう。だけど、手帳に記された遊び場を見る限り、松倉家には車があるだろうと察しがついていた。

「その車は、いまどうしてる？」

「だいぶガタが来てるが、まだお袋が使ってる」

「その車は親父さんの車だったんだろう？　なにか手がかりがあるんじゃないか」

　松倉は椅子の背もたれに深く体を預け、テーブルの上でリズミカルに指を動かす。

「当然、調べたさ。何度も調べた。なにも出てこなかったよ」

「……そうか」

　車の中というのは一つの部屋、大きさ次第では一軒の家にも等しい。松倉の親父さんが仕事に使っていた携帯や手帳なんかは車の中にあるんじゃないかと思ったのだけど、やっぱり僕が気づく程度のことは、松倉が先に気づいている。六年探し続けたというのは伊達《だて》じゃないというわけだ。そう思い、なかば諦めて目を伏せつつ、僕は未練がましく訊く。

「車っていうのは、どんな車だ」

　さすがにそれは関係ないだろうと言いたげに、松倉は眉根を寄せた。

「ふつうの車だよ。カローラだ」

　思わず、顔を上げた。

「……カローラ？」

「ああ。ふつうの、四ドアの車だ。それがどうかしたか？」

　その問いには答えず、僕は再び手帳を開く。古河、上高地、熱海、那須、それぞれの場所で松倉はなにをしたと言っていたか？

　古河は親戚への挨拶、上高地ではハイキング、熱海では海水浴、那須ではキャンプだ。

　そして、さっき松倉は、弟が車酔いして困ったと言っていた。……那須へ行ったときだけ。

「単なる勘違いだったら悪いんだが」

「なんだ」

「これも、とっくに調べたことかもしれないけども」

「なんだよ、言えって」

手帳を閉じ、テーブルに戻す。

「那須にキャンプに行ったときは、ふだんと違う車だったってことはないか？」

一瞬、松倉の表情が固まった。

「……よくわかったな」

やっぱりか。

「そうだ。古河のじいさんの家に行って、那須にまわったあのときは、バンに乗っていた。どうして気づいた？」

「大したことじゃない。さっき、家からテントを持っていってキャンプをしたと言っていただろ？　バーベキューをしたとも言った。ふつうの四ドア車に、そういうキャンプ用品を積めるスペースがあるかなと思ったんだ」

この店に入って初めて、松倉が笑った。

「積もうと思えば積めなくもないだろうが、なるほどもっともな疑いだな。あのときは親父がレンタカーを借りて、大きなバンに乗って行ったんだ。正直、言われるまで忘れていたよ。だがな」

言いたいことはわかる。六年前、松倉の親父さんが家族でキャンプをするためにバンを借りたことがわかっても、宝探しの手がかりには繋がらない。けれど、僕が気になっていることはまだ終わりじゃない。手を振って松倉を止める。

「続きがあるのか」

「いちおう。これもちょっとした違和感程度の話だけども、ごく一般的に言えば、乗り物は大きいほど酔いにくい。なのに弟さんは、上高地に行ったときは元気に飛び跳ねていたのに、那須に行ったときはひどい車酔いだった。単に体調が悪かったとか、寝不足だったとかいうだけの話かとも思うんだが……。松倉、なにか心あたりはないか？」

首を捻り、松倉は曲げた人差し指でひたいをコンコンと叩いた。

「いや、たしかに、なにかあったぞ。礼門《れいもん》はあのとき、家を出るときからぐずっていたんだ。俺も嫌だった。なにが嫌だったのか……」

「れいもん？　弟さんか」

「そのことで、親父とお袋は少し言い争ってた。そのことってのは、なんだ……」

「なあ松倉、どういう字を書くんだ」

ぎろりと睨まれた。

「気が散るだろ！　礼儀の礼に、俺と同じ門だよ！　少し黙っててくれ！」

僕は黙った。

松倉は僕のことを性善説だのなんだのと高く買ってくれたが、僕はそんなにいいもんじゃない。これが答えかと思い至ると、場の状況も考えずにその答えとやらを口走ってしまう癖が、どうやら子供のころから抜けていない。そのせいで親戚と宝探しをしたプールではメガネに恥をかかせたし、自殺した三年生が最後に読んでいた本を探していた長谷川先輩をひどく怒らせた。いまも、別に松倉の弟の名前をどう書くか、いますぐ知りたかった訳じゃなかったのに。

「礼門が車に酔った理由、なにかあったぞ……くそっ、なんだったか。だいいちそんなもの、わかったところで……」

言いかけて、松倉の視線がテーブルの上の一点に注がれる。

小さくて丸く、底は赤くて縁が銀色の、それは灰皿だった。店に一歩入ったときから煙草の匂いが立ちこめていたぐらいだから、当然常備されているわけだ。

「これだ」

松倉は、満足が滲《にじ》む声で言った。

「煙草だ。あのバンは煙草くさかった。礼門は匂いに敏感なんだ。だから親父は、カローラの中では吸ってなかった。車に匂いが残ると礼門が嫌がるからな。だけどあのバンは匂ったから、あいつはすぐに気分が悪くなって、道中ずっと窓を開けていた。思い出したぞ、堀川！」

　手の平をテーブルに打ちつけ、松倉が目をぎらつかせる。

「そうだ、そこが問題だ。弟が匂いに弱いことを、親父は知っていたはずだ。それなのに……」

「喫煙できるバンを借りたというのは、おかしい」

「ああ、そうだな。親父はきっと禁煙のバンを借りたはずだ。……もしあれが、本当にレンタカーだったのなら！」

　さっき松倉は、僕の視点が松倉の思い込みを正すかもしれないと言った。まさに、思い込みはあったのだ。

「あのバンは、親父の車だった。ふだん礼門が乗らない車だから、親父も車内で吸っていたんだ。カローラがまだあるんだ、バンだってもしかしたら」

「可能性はある。そして、これも本当に可能性の話でしかないんだが、セールスマンだった親父さんがそのバンをふだん移動オフィスのように使っていたとしたら」

　いつも冷静で、なにを話しても皮肉めいた雰囲気が消えない松倉が、薄暗い明かりの下で頬を赤くして声を立てる。

「そうだ。仕事用の携帯や、手帳があるかもしれない！　堀川、お前やっぱりすごいな！」

僕は、話を聞いて引っかかるところを指摘しただけだ。答えを導き出したのはほとんど松倉じゃないか。そうは思うけれど、僕も思わず頬を緩める。

「バンがあるとしたら、心あたりは？」

「ある……あるぞ。つまり」

言いかけたところで、ふいに、それまで小さな店を満たしていた音楽が止まった。振り返ると佐野さんがカウンターに戻り、腕時計を指さしている。ポケットから携帯を出して時刻を見ると、六時を過ぎていた。

「悪いね。開店準備がある」

渋く小さな声が、そう告げる。

僕たちの昂奮は一気に失せた。もっともそれは、火が消えてしまったというようなものではなく、熾火《おきび》のように静かで熱いものに変わったということだ。松倉の六年間の思い込みは破られた。宝に至る、新たな手がかりが見つかるかもしれない！

今日はもう、日が暮れた。

「明日だ」

力強い松倉の言葉に、僕も、

「明日」

と頷いた。

4

次の日は、授業が終わった後で、お互い一度家に帰ることにした。松倉いわく、

「行き先は住宅街だ。制服のままうろつくと、厄介なことになりかねん」

とのことだ。それを言うなら飲み屋街の方が制服で入るにはまずい場所だっただろうが、まあ、言い分はわかる。

「わかった。どこで合流する？」

「駅前の本屋でどうだ」

「自転車があった方がいいか」

「そうだな……いや、歩きの方がいいかな、自転車を置く場所があるとは限らん。帰りは遅くなるかもしれんぞ」

ベージュの綿パンと紺色のシャツにグレーのニットを重ね着し、夜の寒さにも耐えられるようマフラーを巻く。綿パンの右ポケットにパスケースと少しだけ現金を、左のポケットには非常用の小さな懐中電灯を入れて、僕は待ち合わせの本屋へと向かった。

駅はラッシュには少し早く、電車で通学する学生の姿が目立った。すべて点灯した街灯の光の中、駅前のバスロータリーからはぽつりぽつりとバスが出て行く。

松倉と私服で会うことは、これまでも何度かあった。一度などはいっしょに、夜の街で髪を切ったこともあったのだ。そのたびに思うのだけど、松倉は着るものにはさほど頓着していないように見えるのに、私服の方が見栄えがする。今日も無地の白シャツにカーディガンとデニムパンツというあまりにざっくりした恰好なのに、ナップサックを左肩にかけて本屋の店先で物憂げに立つ姿は、なかなか様になっていた。互いに軽く手を上げただけで言葉も交わさず、松倉が先に立ち、僕はその後ろをついていく。

意外ななりゆきになったものだ、と思う。今年の四月になんの気なしに入った図書委員会で松倉と知り合ってから、いくつか変わった出来事に遭遇した。そしてなにも起きないときは、比較的ふつうに仕事をする図書委員として図書室を運営しつつ、下らない話に興じてきた。気が合っているのか合っていないのかわからないまま、けっこう打ち明けた話をするようにもなった一方で、なんとなく踏み込めない壁、いや溝のようなものを感じていたのもたしかで、互いの家に遊びに行くようなことはなかった。

それがまさか、放課後に松倉家の財宝を探すことになるとは。面白いと思う一方で、いったいどこまで行くことになるのか、見通しが立たないことにも気づいている。松倉は迷いなく歩き……そして、不意にぴたりと立ち止まった。お手本のようなまわれ右をして、平然と言う。

「間違えた。バスで行くんだった」

こいつのことは、よくわからない。

駅前のロータリーでバスに乗り込んで、四車線の道路が二車線になったあと、四つ目のバス停で降りた。これまで乗ったことのないバス路線で、もちろん降りたこともないバス停だ。ちゃんと帰れるかと思い、反対車線のバス停で時刻表を見ると、上りのバスは夜でも一時間に五本ほど出ているようだ。まあ、いざとなれば歩いて帰れない距離ではないし、方向感覚には少し自信がある。

空は夕暮れを通り越して夜に近い。道沿いには電気屋と郵便局と薬局の看板が見えるけれど、店ではない家の方が多かった。時折行き交う車がアスファルトを鳴らすほかには、なにも聞こえない。

「懐かしいな」

呟いてポケットに手を入れ、松倉が歩き出す。一言聞けば、充分に察しがついた。父親が亡くなったあと、松倉の家は引っ越したと言っていた。以前はこのあたりに住んでいたのだろう。

松倉は、まわりを確認しながらゆっくり歩いていた。知っている場所だとはいえ、久しぶりで変わっている建物もあるのだろう。記憶と景色を摺《す》り合わせるような遅い歩みのあとで急に自信を得たように、

「こっちだ」

と言って早足になる。

バス通りから少し逸れれば、ブロック塀や生け垣の内側に民家が並ぶ完全な住宅街だった。道にはセンターラインが引かれておらず、人の姿もほとんどなく、松倉のスニーカーが立てる足音さえ聞こえる静けさだ。五分ほど歩き、明かりの点《つ》いていない家の前で松倉が止まった。屋根はトタン葺《ぶ》きで壁の色はクリーム色、赤い郵便受けが少し錆びているのが見て取れる。

「ここは？」

「俺の、昔の家」

大きくも小さくもない家だ。四人家族で暮らすのに過不足はなかっただろう。ここに住んでいたころの松倉はいまよりも屈託なく笑っていたんじゃないか。根拠はないけれど、そう思った。玄関前の駐車スペースは、そんなに広くない。

「ここには、カローラが駐まっていたんだな」

松倉は無言で頷き、

「いまは他人の家だ。留守みたいだが、帰ってきたら面倒になる。行こう」

と歩き出す。

さっきの家には、駐車スペースは一台分しかなかった。そこにカローラが駐まっていたなら、バンはどこにあったのか。歩きながら、松倉がポケットから鍵を取り出した。

「これが、親父が持っていた鍵だ」

キーホルダーには小さな革のベロがついているだけで、鍵は全体が金属製のものと、グリップがプラスティック製のものが取りつけられている。昨日見せてもらったメモ帳に書かれていた、家と車の鍵だろう。松倉はプラスティックが使われている方の鍵を僕に見せた。トヨタのエンブレムがついている。

「この鍵で、うちにあるカローラのドアが開くか試してみたんだ」

「ほう」

「開かなかった。こいつはカローラの鍵じゃない。同じトヨタだから疑わなかった」

空中にキーホルダーを投げ上げ、横殴りにそれをつかみ取って、松倉は少し笑った。

「六年間、なにをやっていたんだろうな」

「近すぎて見えないことはあるさ。仕方ないだろう」

「仕方ない、か」

もう一度鍵を投げ、同じようにつかむ。

「ま、俺もその程度ってことだな」

鍵をポケットに戻すと、松倉は僕を見もせずに付け加える。

「お前のおかげだ」

「そりゃあどうも」

と、軽く頭を下げておく。

いちおう、松倉が持つ二つの鍵のうち、金属製の方についても確認する。

「念のために訊くけど、そっちは自宅の鍵で間違いないんだな」

「ああ。記念にとっておいた別の鍵と、形が一致した。あの家の鍵だ」

かつての自宅を肩越しに振り返って、松倉はそう言った。僕はふと思いつく。

「じゃあ、さっき、中に入ろうと思えば入れたのか」

「物騒なことを言う」

言葉とは裏腹に、松倉はにやりと笑った。

「ま、無理だろう。家の持ち主が変わったら、ふつう、鍵は取り替えるもんだ」

それはそうか。

さて。いま、僕たちは松倉が六年前に住んでいた家の近くを歩いている。では、目指すバンはどこにあるのだろうか。

少し歩いたところに、水飲み場とベンチしかない、あまりにも小さな公園があった。松倉はもちろんこの公園の存在を知っていたのだろう、好都合とも思わない様子でベンチに腰かけた。

「あのバンが親父のものだとして、見た通り、俺の家には置けなかった。もっとも家に置いてあったのなら、いくらなんでも忘れたりはしなかったが……」

まだ気にしているらしい。プライドの高いやつだ。

「だが、あのキャンプに出かけるとき、親父が遠くまで車を取りに行ったというような記憶はない。帰りもそうだ。キャンプで食べるつもりで食べきれなかったとうもろこしがあって、家に帰ってから、すぐにそいつを茹《ゆ》でた。そして、戻って来た親父と茹でたてを食べたんだ」

「たいした記憶だな」

「なに、日記を見たのさ」

「日記を書いてるのか？」

「夏休みの宿題だよ、わかるだろう」

僕が通っていた小学校では、宿題に日記は課せられなかった。真面目に日記をつける松倉というのもあまり想像できないが、まあ、思わぬものが役に立ったものだ。

「夏のことで湯が沸くのは早いし、とうもろこしの茹で時間はせいぜい五分だ。皿だのなんだのを用意する時間を考えてもせいぜい十分、長く見積もっても十五分。そのあいだに親父はバンを駐車して、戻って来た」

「つまり、バンはあの家を中心に徒歩十五分圏内に駐められていた、と」

「実際には、家から駐車場まで車で移動する時間がかかるから、もう少し狭い範囲で考えられる。それを踏まえたのが」

松倉がナップサックを開け、折りたたまれた紙を取り出す。

「これだ」

地図のコピーだった。覗き込むと、旧松倉邸を中心にA４二枚に分けて近辺の地図が複写され、合計七ヶ所に赤いチェックマークが入っていた。

「徒歩十分圏内の駐車場をリストアップしてみた」

「なるほど」

手法としてはまっとうだと思うが、疑問も残る。

「松倉。これは訊いてもいいことなのか、判断がつかないんだが……」

「なんだ」

「僕たちが探しているのは、お前の親父さんのバンだ。訊きたいことは、つまりだな、お前のお袋さんはそいつがどうなったか知らないのか？」

松倉は至極もっともらしい顔をして頷いた。

「ああ。それは訊いてもいいことじゃない」

「……そうか」

「まあ、早い話、俺が親父の金を探してるってことはお袋に知られたくないんだ。期待させたくないんでな。そうでなけりゃ昨日だって佐野さんの店で話したりせず、家に呼んでいたさ」

それはもっともだ。もし松倉が家に呼んでくれたら、父親の私物のリストではなく、私物そのものを前に話をすることができただろう。そうしなかったことには理由があると気づいてしかるべきだった。

松倉の母親について、いまの話から想像できることはいくつもある。が、僕はそれについて考えることをやめた。このあいだ、浦上先輩についてなにか言いかけたとき、松倉はそれは臆測だと言った。あのとき以上に、ここで松倉の母親についてなにを考えても臆測になるだろう。そもそも考える必要がない。とにかく、松倉の母親からはなにも聞き出すことが出来ないという事実がわかれば宝探しには充分だ。

となると、あとはしらみつぶしになる。

「わかった、行こう。手分けするか？」

松倉は少し考え、

「いっしょに行こう。土地鑑があるのは俺だけだ。それに警官にでも見つかったとき、俺は親父の車を探してると言えるが、お前一人じゃ言い訳が立たん」

言われてみればその通りだ。この考えの深さは、僕にはない。

雲のない夜だった。冷えた風の中で月が冴《さ》えていた。

最初の駐車場に駐まっていたライトグレーのバンを見て、松倉がいきなり、

「見憶えがあるな」

と言った。

「色か、形か」

「色だな。形は、正直に言って細かいところまでは憶えてない」

目指すバンはライトグレーか。もっと早く聞いておいてもよかった。

「さて当たりかな、と」

軽い調子で鍵を取り出し、鍵穴に差し込む。

「キーレスエントリーじゃないんだな」

「いや、キーレスだ」

「じゃあ無線で試せばいいだろ」

松倉は露骨にあきれた顔をした。

「それで反応しなかったとして、このバンは違うと納得するか？　六年放置されていたんだぞ。機械の不具合かもしれないと考えて、どっちにしろ鍵を試すだろう」

たしかに、そうか。どうも今日は松倉に先手を取られっぱなしだ。僕は自分の頭を軽く小突く。松倉は鍵を抜いて、肩をすくめた。

「駄目だ、まわらん」

似ているだけで、目指すバンではなかった。次に行くことにする。

六年前までこのあたりに住んではいても、そのときは特に意識したこともなかっただろう駐車場を巡るのは楽ではないらしく、松倉はときどき地図を確認している。道の両側に並ぶ家々はどれもそれぞれ個性的だけれど、それだけに街並みとしては無個性だという感じがする。電柱に貼られた迷い猫のポスターを見て、どうか猫が無事に戻りますようにと祈りつつ、僕は松倉に訊く。

「バンは、月極《つきぎめ》駐車場にあるとは限らないな」

「もちろんだ」

あっさりとした返事だ。松倉は地図を折りたたみつつ、言葉を続ける。

「車を駐められる場所は月極駐車場だけじゃない。誰かの家やマンションで使っていない駐車場を借りる場合も考えられる。違法の青空駐車をしていたら、そもそも探しようがない」

「それもそうだが、六年前のバンが残っている保証がないだろ」

「ないな」

後ろから近づくエンジン音を、二人で道路の脇に避ける。僕たちを追い越していく軽自動車の助手席に、長葱《ながねぎ》を挿した大きな買い物袋が置いてあった。

「お前のおかげで意外な手がかりをつかんだが、それでもやっぱり、宝探しはまだ昔話のままだ。見つかるなんて保証は、最初からありはしない」

駄目で元々という状況は、なにも変わっていないというわけだ。しかし僕が言いたいのは、そういうことじゃない。反論しようと口を開きかけて、僕は黙った。宝探しなんて、もともとなんの保証もないことじゃないか。可能性の低さを取り沙汰しても野暮なだけだ。

「よし、ここだ。二番目の駐車場」

その駐車場には、車は一台もなかった。ぜんぶ出払って、まだ戻っていないらしい。

「話が早くて助かるな」

「外れくじを喜んでどうするよ」

「三番目は」

「ちょっと離れてる」

駐車場に自動販売機が設置されていた。なんの気なしに商品を見ると、ほとんどがホットになっている。そういう季節かと思っていると、松倉が隣に立った。

「少し冷えるな。カイロ代わりにおごろう」

カイロ代わりというのはいい案だけれど、おごってもらういわれがない。僕は自分のポケットから小銭を出して、自動販売機に百五十円投入する。

「お宝が見つかったら、そうしてもらおうか」

ところが、特に飲み物を買おうと思っていたわけではないので、どれにするか決めかねる。

「じゃあ、せめて俺が決めてやる」

「ほう。任せる」

「これだ」

松倉は「新商品！」のマークがついた「紅緑茶オレ」のボタンを押した。

「……やると思った」

ふだんは冷静な判断力を備える松倉詩門が、こと飲み物を選ぶことに関してはどうしてこうも挑戦的なのか、腑に落ちかねる。どういうわけかちょっと手に持ち続けられないほど熱くなっている紅緑茶オレの商品説明によると、

「紅茶と緑茶がキセキの結婚式！　だとさ」

「ミルクが蚊帳《かや》の外で気の毒だな。きっと紅茶のストーカーだ」

「仲人とか神父とか、いくらでも平和な発想はできるだろ。って言うか、どうしてくれるんだよこれ」

「個人的な宝探しに付き合ってくれたお礼だ」

「お礼がどうしてこういう形になるんだよ、お前は」

「ありがとう、堀川。感謝してる」

「そういう言葉はもうちょっと場所と場合を選んで言えよ」

四番目の駐車場に向かうころ、紅緑茶オレは冷め切り、バンは見つからないだろうという気分が支配的になっていた。

「それ、味はどうだ」

「紅茶に緑茶を混ぜて、牛乳で割ったような味がする」

「うまいか」

「自分で試せよ」

正直なところまた買うかもと思っているが、業腹なので言わずにおく。

目指す駐車場は、タイル張りの小さなマンションの隣にあって、これまで調べてきた三ヶ所よりも少し広かった。三方をコンクリート塀に囲まれ、照明は入り口付近に小さな街灯があるきりで、あとは自動販売機や家々から洩れる光と月明かりが頼りという暗さだが、車が三台駐まっていること、そのうちの一台がバンだが色はクリーム色だということはわかる。あれは外れだと思ったが、松倉はじっとバンを見つめていた。

「あれかもしれん」

「ライトグレーなんだろ。色が違う」

「いや……」

松倉は珍しく、気まずそうに言葉を濁した。

「白っぽい色だったことしか憶えてないんだ。当たりでもおかしくない」

そんないい加減な、と思ったが、六年前に一度乗っただけの車の色を正確に憶えているという方が酷だ。

これまで巡ってきた三ヶ所の駐車場にも、自動販売機が置かれていた。ここも例外ではなく、自動販売機の横にはゴミ箱もある。残った紅緑茶オレをぐいと飲み干し、空き缶を捨てると、僕たちはどちらからともなくバンに向けて歩き出す。

あのバンが松倉の父親の車だという予感があったわけではない。しかし僕たちの歩き方は、自分たちの期待を煽るようにゆっくりとしたものだった。近づくと、バンが薄汚れていることが見えてくる。車体にうっすら土埃がまとわりついていることは離れた位置からもわかったが、間近で見るとフロントウィンドウにまで汚れがこびりついていた。

「なあ」

と声をかけると、少し硬い声が返ってきた。

「ああ、わかってる。あれじゃ運転できない」

車体はどれほど汚れても構わないというずぼらな運転手であっても、フロントウィンドウだけは汚れを落とす。でなければ前が見づらくて運転しにくいし、洗浄液を出してワイパーを動かすだけなのだから手間もかからない。このクリーム色のバンのフロントウィンドウが汚れていることは、長期間誰も運転していないことを意味している。……たとえば、六年ほど。

数歩先に立つ松倉が金属音を立てながらポケットから鍵を出し、肩越しに振り返って、

「本当に当たりだったりしてな」

と軽口を叩く。僕も笑った。

鍵を運転席側の鍵穴に差し込む。

こん、と小気味いい音が、夜の駐車場に響いた。

5

見ているものが信じられなかった。鍵が開いたのだ。

立ち尽くす松倉がなにか言うのを待つけれど、いつも得体の知れない自信ありげだった学友は背中を向けたまま、振り返りもしない。たまりかねて、僕の方から声をかける。

「おい、松倉」

松倉はノブをつかみ、それからようやく僕を見た。

「開くぞ」

「当たりなのか」

少なからず昂奮する僕に対し、松倉はやはり松倉らしく、どこまでも落ち着いている。

「いや、待て。念のため」

もう一度鍵をまわし、ふたたびノブをつかむと、今度は硬質な音が鳴った。開かなかったのだ。松倉は、鍵が壊れていて運転席側のドアが常に開きっぱなしになっているという可能性を疑ったのだろう。しかしその疑いは晴れた。間違いない、このクリーム色のバンは松倉の父親が乗っていて、松倉の家族が六年前に那須でのキャンプに乗っていったまさにそれだ。

見つかるはずがないものだった。私服に着替え、寒さに備え、松倉に連れられて馴染みのない住宅街に来て駐車場を巡ってなお、僕はバンが見つかることをこれっぽっちも信じていなかった。すべては昔話であり、お話を終わらせるためにここに来ているはずなのに、まさか本当に見つかってしまうなんて。

松倉が呟く。

「こいつは驚いたな」

喜びに満ちているとは思えない、どこか呆然とした言い方だ。

「そうか。こんな色だったか」

ドアを大きく開ける。運転席に顔をつっこみ、それから少し笑みを含んだ声で、

「煙草くさい」

と言った。

バンには、運転席側と助手席側の二つのドアのほか、後部座席用に大きなスライドドアがある。松倉はそれも開放し、僕を手招きした。

「来いよ。宝探しを始めよう」

そうだ。松倉の最終目標はバンではなく、あくまでも父親が隠した財産だ。ここまでは上手くいったが、果たして更なる手がかりが得られるか。松倉が助手席に乗り込み、僕はスライドドアから後部座席に乗る。たしかに、六年を経てなお、煙草の匂いははっきり残っていた。

後部にはベンチのようなロングシートが一つだけあり、その後ろは荷台になっている。足元には飴の包み紙らしいものが落ちていて、座席を撫でると手に砂粒の感触があった。キャンプから帰ったあと、車内を掃除する機会はなかったのだろう。

「正直、ほっとしたよ」

グローブボックスの中を覗きながら、松倉が言う。

「バンが見つかったことに？」

「いや。匂いがそれほどきつくなくて」

「悪いが、けっこう匂うぞ」

「まあそうだが、六年前の弁当が腐っていたりするかもと思っていたからな。許容範囲ってことにしてくれ。しかし……暗いな」

　街と月の明かりだけでは、探し物にはいかにも心許《こころもと》ない。

「車内灯が点かないか？」

「どうかな。六年ほったらかしだからな、バッテリーが残ってるかどうか。あんまり電気系統はいじりたくない」

　ここだ。ここしかない。僕は、あらん限りの得意げな顔で、ポケットから懐中電灯を取り出す。

「実はこんなこともあるかと思って」

　松倉が振り返る。その手には、僕のものより大振りな懐中電灯が握られていた。

「どうした堀川」

「いや、なんでもないんだ」

　相前後して懐中電灯のスイッチを入れると、鋭い光が車内に延びる。二人とも無言で光をあごの下から当てて自分の顔を浮かび上がらせ、同時にやめた。

　それからしばらく、僕たちは黙ってバンの中を探索した。仕事用の携帯電話や手帳が見つかるかもしれないとは思っているが、もしこのバンの中に宝物への手がかりがあるとして、それがどんな形をしているかはわからない。もしかしたら、この車内に現金が隠されている可能性だって皆無ではないのだ。後部座席の上、下、運転席や助手席のシートの裏を確かめ、ポケットティッシュ、スナック菓子の袋、十円玉、テントの立て方の説明書、マッチ、セミの抜け殻を見つけた。

　松倉は、グローブボックスの中身を取りあえず全部運転席に出していた。ちらりと見たところ、地図や発炎筒、緊急時にガラスを割る脱出用のハンマーなどがある。ほかにもいろいろ入っていたようだが、いまのところ松倉が快哉を叫ぶようなものは見つかっていないらしい。

　荷台の探索に移る。

　雑多なもので埋まっているが、テントやバーベキューコンロ、釣り竿などの大物はないようだ。スペアのタイヤがずいぶんと場所を取っている。バンの内壁に小さなフックが取りつけられていて、そこにはハンガーにかけられたレインコートとウインドブレーカーが吊ってあった。小さなクーラーボックスもあり、僕はおそるおそる顔を近づけたが、特に嫌な匂いはしない。

　レインコートのポケットを探るが、なにも出てこない。ウインドブレーカーも同じように調べようと触ってみると、表面のポリウレタンが劣化してしまったのだろう、ひどくべとついていた。こちらのポケットにはなにか小さなものが入っていて、苦労して取り出してみたら、ダンゴムシの死骸だった。

　六年前のクーラーボックスを開けるのには、少し度胸が必要だ。ちょっと顔から遠ざけつつ、そっと開ける。

「……ジュースか」

中身は缶ジュースが一本だけだった。アップルジュースだから、至極まっとうな選択だ。小学生の松倉は変な飲み物に挑戦心をそそられなかったのだろうかと思ったが、缶の底を見てみると、油性ペンの下手な字で「れいもん」と書いてあった。松倉の弟の名前だ。

助手席を振り返り、缶を振る。

「松倉。弟さんのジュースが出てきたぞ」

暗がりの中で松倉の表情はわからなかったが、声は笑いを含んでいた。

「そりゃあ、お宝だな。持って帰ってやるか。どうして弟のだってわかった？」

「名前が書いてある。詩門に礼門、そろって洋風だな」

今度は苦い声が返ってくる。

「だよなあ、どう聞いてもサイモンとレイモンドだ」

「違うのか。てっきり、森鷗外《もりおうがい》ばりに洋風にしたんだと思っていたが」

手は止めず、松倉が答える。

「あにはからんや、それが実は違うんだよ。親父の名前になぞらえたのさ」

「なぞらえた？」

「ああ。親父と俺と礼門で五分の三ってな」

「なんの話だ？」

「いや……」

急に松倉は言葉を濁した。まるで喋りすぎを悔いたように。

「なんでもない。急ごうぜ、人が来たら面倒だ」

そうしてあとは、黙って手を動かしていた。


荷台もおよそ探し終えたけれど、携帯も手帳も、それ以外になにか手がかりになりそうなものも出てこない。まあ、このバンに辿り着けただけでも奇跡的なことなのに、さらに手がかりが得られると思う方が調子のいい話だったかもしれない。

懐中電灯の光で、荷台をもう一度隅から隅まで照らしていく。確認し、すべて見終えたと思ったそのとき、荷台の真ん中に本が落ちていることに気がついた。さっきから何度も見ていたのに、まったく視界に入っていなかった。たったいま床から浮かび上がってきたのだと言われても信じたくなるほど、本は出し抜けにそこにあった。

文庫本だ。紙製のブックカバーがかかっていて、表紙は見えない。手に取って開きかけて、躊躇した。もし僕の部屋に誰かが遊びに来て、ベッドに投げ出してある本を勝手に手にしたら、僕は愉快な気分ではないだろう。僕は松倉を呼んだ。

「本があったぞ。ブックカバーがついてる」

少し間があり、どことなく硬い声が返ってきた。

「こっちは妙なものを見つけた」

「妙なもの？」

「待ってろ、いまそっちに移る」

松倉はいったんバンを降り、スライドドアから後部座席に乗り込んでくる。僕もシートを乗り越えて、松倉の隣に移った。なにも後ろめたいことはないはずなのに、懐中電灯の光があまり外に洩れないよう気遣いながら、僕たちはロングシートに並ぶ。

まず僕が、二人のあいだに文庫本を置く。

「荷台にあった。僕が見るのは悪い気がするから、松倉が見てくれ」

暗がりの中で松倉が笑う。

「本が絡むとデリカシーがあるな」

「本が絡まないとデリカシーがないように聞こえるぞ」

「裏は必ずしも真ならずってな。どれどれ」

松倉は文庫本を手に取らず、シートの上で広げて懐中電灯の光を当てた。すぐに、拍子抜けしたような声が上がる。

「松本清張《まつもとせいちょう》、『ゼロの焦点』。いつか読みたい、立派な本だ。だが、ふつうの本だな」

言いながら、松倉はページをぱらぱらと繰っていく。

「なにか染みがあるな……コーヒーか？」

見ると、たしかにページの左下あたりに染みがある。コーヒーかどうかはわからないが、なにか飲み物をこぼしたような感じで、紙もよれている。さらにページをめくっていくうち、気づくことがあった。

「待った。ちょっと戻ってくれ」

「ああ。気づいてる」

数ページ戻ると、文章の、伏線になっているらしい箇所に鉛筆で傍線が引いてあった。ほかにもないかと探してみると、前半に集中して何十ヶ所も見つかる。

「ずいぶん熱心に読んでいたんだな」

僕がそう言うと、松倉は首を傾げた。

「ちょっと引っかかるな。親父が持っていた本はぜんぶ確認したが、書き込みは一ヶ所もなかったぞ」

「ミステリだから、推理しようとしたんじゃないか」

「まあ、そうなんだろうが」

「もしかしたら、親父さんの本じゃないのか？」

「いや。このブックカバーは間違いなく親父の手作りだ」

釈然としない様子で、松倉は本を手に取って顔の前で開く。そして眉根を寄せると、腹立たしげにそれを閉じた。

「どうした?」

「ひでえよ。登場人物に印がついてる」

ああ。それがなにを意味する印なのかは、すぐにわかった。

「犯人か」

「たぶんな。見ちまった。こいつは罠だ、ちくしょう」

本気で悔しそうだ。松倉とはあまり読書の趣味の話をしたことがないが、割となんでも気楽に読むというイメージがある。ミステリの種を割られてこんなに怒るというのは意外だった。

「怒っても仕方ないだろう。自分の本になにを書こうが自由じゃないか」

「そうか? 自分の本だからってミステリの犯人ばらすかよ、ふつう」

「気持ちはわかるが……」

「なんか、がっかりしたな。これが親父の本の扱い方か。家にある本はもっと丁寧に扱っていたのに」

僕は松倉の手から文庫本を取り、ブックカバーを触ってみた。薄くてざらついた薄茶色の紙で、本がきっちり包まれている。文庫本は出版社によって僅かにサイズが違うことがあるけれど、このブックカバーはその微妙な違いに対して一ミリのずれもなく作られていて、ちょっとやそっとじゃ外れないようになっている。

「……いや、これ、古本じゃないのか」

そう言ってみるが、松倉はすぐに言い返す。

「親父の弁護をしてくれるのは嬉しいし、俺も最初はそう思ったが、こんな状態じゃ古本でも売り物にならんだろう。稀覯本《きこうぼん》なら汚損品でも売るかもしれんが、清張じゃそれも考えにくい」

たしかに、それはそうだ。

「本のことは済んだな」

まだ怒りを滲ませながらそう言うと、松倉は小さく息をつき、いつもの不敵な笑みを口の端に取り戻した。

「じゃあ次はこっちの話だ。……こいつは、期待できるぞ」

シートの上に、鈍く銀色に光るものを置く。鍵だ。

すべて金属で出来ていて、鍵穴に差し込む部分にいくつかV字形の切れ込みが入っているタイプの鍵だ。僕は鍵の種類についてあまりよく知らないけれど、この鍵があまり新しいものではないことはわかった。

「運転席のサンバイザーの裏にあった。隠し場所としちゃ、平凡だ」

「つまり、隠していたわけじゃないってことか」

「さすがだな、堀川。俺もそう考えた」

「どこの鍵だろう」

当然の疑問を口にすると、松倉はにやりとして、シートに置かれた鍵を裏返す。キーヘッドの部分に、ペンで数字が書かれていた。

「502……」

「そうだ」

松倉は鍵に手を置いた。

「こいつは502号室の鍵だ。ちなみにさっき見せたとおり俺が住んでいた家は一戸建てで、もちろん502号室じゃない。いま住んでいるのは賃貸だがそれも502号じゃないし、そもそも引っ越したのは親父がいなくなってからだ」

僕は小さな鍵を見つめていた。柄にもなく熱を込めて、松倉が続ける。

「じゃあ、502号室とはなんだ？　堀川が昨日言ったように、親父の私物には仕事関係のものが不自然に少ない。固定店舗はなくても、どこかに仕事場はあったはずなんだ。これこそがその仕事場の鍵じゃないか？　お宝はきっとそこにある。こいつは……まさに鍵だ」

鍵がある以上、松倉の父親が502号室に関係があったことはたしかだろう。しかし僕は、松倉ほどには昂揚を感じられないでいた。

　家族も存在を知らなかった502号室が、仕事場だという推定はいちおう成り立つだろう。けれど、ほかの可能性もさまざまに考えられはしないか。たとえば……そこで、松倉たちとは別の家庭を営んでいた、とか。けれど僕はその想像を口にはしなかった。言えば、本が絡まないとデリカシーがないと言いたげな松倉の言葉を裏書きすることになりかねない。

　それになにより、502号室については、その用途よりも大きな謎が残っている。

「で、502号室がどこにあるのか、当たりはついてるのか？」

　松倉は少しの動揺も見せず、微かな笑みさえ浮かべて答えた。

「さっぱりだな」

「さっぱりって……日本中にどれだけ502号室があると思ってるんだよ」

「想像もつかん。フェルミ推定してみるか？」

　鍵だけがあっても、502号室がどこにあるのかわからなければなんの意味もない。なのに松倉は、宝物はもう見つかったも同然というような顔をしている。

　あり得る可能性は、ひとつしか思いつかない。僕は訊いた。

「松倉。僕に嘘をついてないか」

「嘘だと？」

懐中電灯の光の環《わ》の中で、松倉が僅かに目を鋭くする。

松倉が余裕ありげなのは、５０２号室の場所に心あたりがないという松倉の言葉が嘘だからだとしか考えられない。この鍵をどこで使えばいいか察しがついているからこそ、松倉は昂奮を隠しきれないのではないか。

言葉は、なかなか返ってこなかった。たぶん実際には、沈黙はほんの数秒続いただけだったのだろう。なのに僕は耐えかねて、もう少しで、なんでもないんだと口走るところだった。

「なにを考えたのか知らんが……」

そう言うと松倉は、僕をまっすぐに見据えた。

「堀川。俺は、あまりいい人間じゃない。嘘はつく。これまでお前に嘘をついたこともあっただろうと思う」

「………」

「だが、この宝探しに関する限り、俺はお前に嘘をついていない。この先も、嘘は言わない」

声は低く重く、いつもどこか皮肉めいている目も、いまは韜晦《とうかい》の気配すらない。

ひとは嘘をつける。声や目に嘘をつかせることも、別に難しいことだとは思わない。

当の松倉が言ったことだ、僕は嘘に騙されやすい、と。けれどいま、僕に松倉を疑う理由はない。この風変わりな学友は、本当のことを話していると僕は信じる。

　となれば、僕が言うべき言葉は一つだ。

「そうか。悪かった」

　松倉の口ぶりに、おかしがるような色が戻ってくる。

「ああ……読めた。なるほど、俺が502号室がどこにあるか知っていると思ったんだな。それで宝物を独り占めしようとしていると」

　僕も正直に答える。

「前半はその通りだ。独り占め云々《うんぬん》は、考えもしなかった。……改めて訊くけど、どこで使えるか見当もつかない鍵を見つけて、喜べる理由がなにかあったのか」

　心底意外そうに、松倉が目を見開いた。

「喜んでた？　俺が？」

「喜んではいなかったのかも。ただ、少なくとも昂奮はしていたように見えた」

「ああ、まあ……そうか。そうだったかもな」

　そう言うと、松倉は少し目を伏せる。

「単純な話だ。お前と俺とじゃ、宝探しの年季が違う。お前にとって502号室の鍵は使い道もわからない役立たずでも、俺にしてみれば六年越しにつかみ取った手がかりだ。なにを探せばいいか、探すものがあるのかすらわからん状態から、502号室を探すっていう明白な目標ができた。そりゃあ態度も違ってくるさ」

わかるような気がする一方、これは昔話だと言っていた松倉が、いまでもそれほど宝探しに本気なのだとは初めて知った。

「だが、お前の方が正しいな。浮かれた俺の方がおかしかった。鍵は大きな発見だと思ったが……ほかに手がかりがなければ、糸はこれで切れちまったと考えるべきなのかもしれん」

そして松倉は、少し笑った。

「だけど、発見に昂奮したのを嘘のせいだと思われたのは……なあ堀川、さすがに俺もちょっと、さみしかったぜ」

6

バンを出ると、秋夜の空気が胸に染みた。街明かりにほとんどの星が掻《か》き消され、空に見えるのは月と、あとはいくつかの惑星だけだ。小学生の松倉が那須で見た星空はどんなだったろうと、ふと思った。

「こっちだ」

と言って、松倉が歩き出す。

夜の住宅街には人の気配はあるけれど、その姿は見えなかった。前にも後ろにも二人だけで、僕たちは歩いていく。バス停とは違う方向に向かっていることは気づいていたけれど、僕はなにも言わなかった。もし道を間違えているだけなら、あとで引き返してくればいい。

クリーム色のバンからは、もう手がかりらしいものは見つからなかった。持ち出したのは小さな鍵と古びた本だけで、ドアには松倉が元通り鍵をかけた。なにも言わず歩きながら、松倉は来るときと同じように鍵を上に放り投げ、それを手で受け止めることを繰り返している。ただ、投げる鍵は車のものではなく、さっき見つけた502号室のものだ。役に立たない、しかし唯一の手がかりをもてあそぶ松倉を見ていると、少しだけ不安になった。

緩やかにカーブしていたり、斜めに交わっていたり、方向感覚を狂わせるような道を迷うことなく進む松倉についていくと、出し抜けに空間が開けた。アスファルトで舗装された空間の真ん中に、夜目にも緑色とわかるフェンスが張り巡らされている。フェンスの内側は、月を映した黒い水だった。

「これは？」

と訊くと、松倉はちょっと戸惑い顔で振り返った。

「知らん。溜め池じゃないか。それとも水害対策の調整池かもな。用があるわけじゃない、好きだった場所だから来たかっただけだ。しかしいま見ると……」

　街灯もない暗い空間を見渡し、松倉は少し苦い顔をしている。

「狭いな。こんなに狭かったか」

　池のまわりを歩けるようになっていて、松倉はフェンスに沿って歩き出す。フェンスに取りつけられた金属板に「きけん！　よいこはぜったいはいらない」と書かれている。「きけん」の文字だけ赤で書かれていたらしく、色がほとんど消えていた。

「この注意書きが嫌いでな」

　ポケットに手を入れ、松倉が含み笑いをする。

「立入禁止ならそう書けばいい。子供に読めるようにしたいなら、入るなと書くべきだ。それが、よい子は入らない、だとよ。よい子じゃないなら入ってもいいと解釈するほど俺も文が読めないわけじゃないが、しゃらくさいとは思わないか、堀川」

「まあ、わかるよ」

「あんまり嫌いだったから、いたずらをした。まだ残ってるかな……」

　言いながら、松倉は雑草の生えたフェンス際にしゃがみ込む。やがて、弾んだ声が上がった。

「あった。見てみろよ」

　言われた通り松倉の隣にしゃがみ込むと、金網を覆う被覆の一部が、なにかでこすったように剝がれていた。松倉はさして得意げでもなさそうに呟く。

「やすりで切ろうとしたんだが、切れなかった。ニッパーの方がよかったな」

「入りたかったのか」

「そうだな、そういう気持ちもあった。でもやっぱり、あの注意書きが嫌いだったからだと思う。ああいう人を試すような書き方をするなら、池へのアプローチは自由であるべきだと思ったんだ。フェンスで囲った上でよい子は入らないと抜かすのはフェアじゃないと思った。……まあ、小学生だ。没論理は勘弁してやってくれ」

アンフェアやおためごかしに対して嫌悪感を覚えることは、僕もないわけじゃない。けれどだからといって、僕はやすりで金網を切ろうとすることはないだろう。器物損壊を試みる松倉は間違っていて、不満を心に留《とど》めるだけの僕の方が社会的に正しい。けれど僕は、松倉が妬《ねた》ましい。

立ち上がって、松倉は再び鍵を投げ上げ始める。

「昔話は、どうやら終わったな」

ゆっくりと、僕も立つ。

「かもしれない」

「最後に宝の鍵を見つけて終わりとは、まあ、そこそこ形になったじゃないか。この鍵に合う鍵穴がどこかにあるけれど、それはどこにあるのか誰も知らないのでした。おしまい、というわけだ」

「鍵穴を探すか?」

「一生をかけて、か。どこかで読んだ話だ」

「星新一《ほししんいち》じゃないか」

「それだ。……俺は、ごめんだな」

ひときわ高く鍵を投げ上げ、それを受け止めたかと思うと、松倉はいきなり腕を振った。数秒後、とぽんという水音と共に、水面に波紋が広がっていく。

思わず、引きつった声が出た。

「松倉!」

静まり返った住宅街に、僕の声は不作法なほど大きく響く。松倉は少し動揺し、左右を窺い、それからばつの悪そうな顔で手を開いた。その手の中に502と書かれた鍵を見て、僕は溜め息をつく。

「悪い。冗談だ」

「びっくりしたよ。なにを投げたんだ」

「ただの小石だよ。さっき拾った。……本当に悪かった、そんなに驚くとは思わなかったんだ」

フェンスのそばにしゃがみ込んだときに拾ったのか。昔話をしながら、こんなたちの悪い冗談を仕込んでいたとは、まったく、抜け目のないやつだ。松倉は鍵をポケットに入れると空を見上げ、ごまかすようにわざとらしく言った。

「星新一も、親父が持ってた。『ボッコちゃん』だ」

「昨日は聞かなかった」

「ぜんぶ挙げても面倒だからな。メモに書かなかった本に手がかりがなかったことは、保証する」

たしかに昨日は、父親が遺した本を全ページ確かめてもなにもなかったと言っていた。

……やっぱり、少し気にかかる。

「松倉」

「ん？」

「親父さんは、自分の本には自分でカバーをつけて、書き込みとかもしなかったんだろう。古いこと以外は本屋の売り物と変わらん、と昨日言っていたぞ」

松倉は苦々しげだ。

「そうなんだけどな」

僕は手を出す。

「さっきの清張、持ってきたんだろ。ちょっと見せてくれないか」

あまり気乗りがしない様子で、それでも松倉はナップサックから文庫本を出してくれた。暗さに慣れた目は、月明かりだけで充分に見えている。ブックカバーは丁寧にかけられているが、紙はよれ、ページには飲み物の染みがあり、書き込みも多く、とどめに犯人の名前に印がついている。

　ここまで状態の悪い本は古本でも売り物にならないと松倉は言う。たしかにその言い分にも一理あるだろう。だけど、本をここまで傷めたのが松倉の父親だというのも、なんとなく素直に納得できない。やっぱり、ブックカバーの丁寧さが気になってしまう。この神経質とさえ思える工作と、本の扱いのいい加減さとが、等号で結びつかない気がするのだ。

　ふと思いついた。

「ブックカバー、取ってもいいか？」

「好きにしてくれ」

なおざりな返事に、念を押す。

「これを取ろうとすると、ブックカバーは破れるかもしれない。それでもいいか？」

　親父さんの手作りだろう、という意味を込めて念を押すけれど、松倉はひらひらと手を振るだけだ。それなら、と手をかけて慎重に引っぱるけれど、やはりなかなか外れない。予想通り、最後には少し破いてしまった。

　ブックカバーが外れ、表紙が現われる。『ゼロの焦点』、松本清張、そして。

松倉の目の色が変わった。

「堀川、予想していたのか？」

「いやまさか……ひょっとしてとは思ったけど」

文庫本の表紙は、フィルムでコーティングされていた。文倉《ふみくら》町立図書館と書かれたシールが貼られていて、そのシールの上から油性ペンで斜線が引いてある。松倉が声を上げた。

「除籍本か！」

図書館の本は、いろいろな人が借りていく。

僕と松倉は学校図書室の図書委員で、その小さな図書室の利用者さえ千差万別だ。本を愛する人、無料という点が特に気に入っている人、単に空調が利いた静かな空間を求める人……そして、本に対する接し方もいろいろだ。

図書室の本には特に丁寧に接し、皮脂がつかないよう手を洗ってからページを開くという生徒もいたし、押し花をしたいから百科事典を貸してくれと言ってきた生徒もいた。水溜まりにでも落としたのか、泥がこびりついた本が返ってくることさえあった。図書室の本は自分のものではないからこそ、わざとそうしているかのように雑に扱う利用者がいることは、悲しいかな事実だ。

バンから見つかった『ゼロの焦点』は、まさに、わざとやっているのかと思うほどに傷んでいた。なにより、犯人の名に印が書き入れてあるというのが奇妙だ。松倉が言った通り、自分の本だからといって犯人の情報を書き込むのは少しおかしい。もう読んだ本に、どうしてそんなことをするのか。

もちろん本の読み方は自由だから、本を読み終えたら犯人の名に印を書き入れる趣味の人がいてもおかしくない。けれど僕は、その印がまだ見ぬ誰かに対する嫌がらせではないかと考えた。バンから見つかった『ゼロの焦点』は不特定多数が読む本だった……つまり、図書館の本ではないかと思ったのだ。

そして、図書館の書架は有限なので、古くなりすぎた本や直しようもないほど傷んだ本などは捨てられる。これを除籍といい、図書館によっては、この除籍された本を利用者が持ち帰れることもある。

松倉は改めて、文庫本を眺めまわしている。

「天地印がないな。あれば、一発で気づいたのに」

「装備のやり方は図書館によって違うみたいだからね」

「文倉町立図書館。聞いたことのない町だ」

「僕も知らないな」

そう答えたときには、松倉はもう携帯で検索を始めていた。

「……出たぞ。群馬だ。かつては陸運で栄えたが鉄道が通らず、いまは人口一万を割った過疎の町、だそうだ」

松倉の父親は、文庫本を雑に扱ったわけではない。むしろ、雑に扱われ、図書館からも捨てられようとした本を拾い、サイズぴったりのブックカバーを自作して持ち歩いていたのだ。荷台に置かれていたことを考えると下にも置かない扱いをしていたわけではなさそうだけれど、松倉が父親に失望したのは気が早いことだった。それを証明できて、僕は満足だった。

ところが松倉は、父親の雪冤《せつえん》には興味がないかのようにじっと黙り込んでいる。右手に文庫本を、左手に携帯を握りしめ、ぎらつく目は焦点を結んでいない。冬間近の風が吹きつけても、襟元を合わせるでも身を震わすでもなく、松倉はじっとなにかを考え込んでいる。

「どうした、松倉」

「親父は……」

僕に答えるというより、松倉は自分に言い聞かせるように呟く。

「この本をどこで手に入れたのか。除籍本が古本屋で売られるケースもなくはないだろうが、これだけ傷んだ本じゃ考えにくい。となると決まってる、この町立図書館で手に入れたんだ。ただの通りすがりで図書館に寄ったのか？　いや……親父は知らない町でまず図書館に立ち寄るほどの本好きじゃなかった。文庫のベストセラーばかりの蔵書を見れば、おおよそわかる。見る目はあった、センスもよかった、でも、図書館と見ればとりあえず行ってみるほどの本好きじゃない。それなのに除籍本を手に入れた。つまり……」

　松倉がなにを考えているか、ようやく僕にもわかった。松倉はまだ宝探しを諦めてなどいない！

「そうか、そうだよ松倉！　親父さんは文倉町に滞在していたんだ。長居したから、図書館にも行ってみようって気になった。そこで本を手に入れた」

　上気した顔で僕を見て、松倉は小さく頷く。

「そうだ。滞在した。どこに？」

「ビジネスホテルとか……」

「俺は、そうは思わない」

　松倉の手が、そっとポケットを押さえる。そこには鍵が入っている。

「そうか、５０２号室！」

　文倉町には鉄道が通っていない。交通手段は主に車ということになるはずだ。そして、松倉の父親が使っていたバンに文倉町に長期滞在していたことを示唆する証《あかし》があり、さらにはどこに使えばいいのかわからない鍵もあった。

「でも、５０２ってことは五階だろう。そんな小さな町に五階建て以上の物件なんてあるのか？」

「いや、ある。あるんだ。文倉町というのは知らないが、親父に連れられて遊びに行くとき、農地の真ん中ににょきっとマンションが建ってるところは何度も見た。土地の使い道に困って、勧められるままに建てちまうんだって親父が言っていた」

　携帯を顔に近づけ、松倉が素早く検索する。

「ほら、あるぞ堀川！」

　画面には不動産情報が表示されていた。グランドヒル文倉、ＲＣ造……五階建て。

「一棟だけとは限らん、ほかにもあるかもしれん。だけどこの町にマンションが百棟も千棟もあるはずがない。これなら調べきれる。文倉町の５０２号室をぜんぶ探してやる！　今度こそ、今度こそ俺は……」

　そうまくし立て、松倉は出し抜けに口を閉じた。人の感情というのはこうも一瞬で殺せるものかと思うほど、次の松倉の言葉は冷めていた。

「だがまあ……遠いな。来てくれとは言えない」

　たしかに、車でなければ行けない町にどうやって行くのか見当もつかない。だけど、もし仮に移動手段が確保できたとしても、僕はもうこれ以上松倉に付き合うつもりはなかった。乗りかかった船ではあるけれど、船は、想像していたよりも遥《はる》か遠くに来てしまった。

「ああ、行かないよ、松倉。僕は行かない」

松倉はじっと僕を見た。

「堀川。ここまで来られたのは、お前のおかげだ。俺一人じゃ、ずっと親父の私物を眺めているだけだったろう。それなのに……」

「言うなよ。上手くいくとは思ってなかったんだ、お互いに」

出来過ぎだった。幸運に恵まれ、糸を手繰り寄せ続けることができた。僕の思いつきを松倉が深め、松倉の思い込みを僕が正して、僕たちは上手くやった。宝物は本当に見つかるかもしれない。

見つかってしまうかもしれない。

僕はとっくに気づいていた。宝物が見つからないなら、それは楽しい昔話に興じたに過ぎない。高校二年の秋、宝を探したこともあったなあと、いつか懐かしく思い出すだろう。しかしもし、万が一、本当にそれが見つかってしまったら？　もう、昔話では済まされない。

見つかってしまえばそれは概念上の宝物なんかじゃなく、松倉の父親が遺した動産だ。おそらくは現金の札束だ。百万円か五百万円か、一千万円か、もっと多いかもしれない現金を前にして僕は、よかったな松倉、楽しい謎解きだった、それじゃあ僕はこれで失礼するよと言えるのか。山分けにしよう、それが駄目ならせめて一割よこせと言わずにいられるか。もし僕がなにも言わずに松倉を祝ったとして、僕たちはこれまでと同じように、図書委員として二人並んでいられるだろうか。

僕たちは、宝探しが失敗に終わり、やっぱり駄目だったなと缶コーヒーで乾杯でもする場面しか想像していなかった。成功に備えていなかったのだ。宝が見つかるのならば、その場に僕はいるべきじゃない。

「ここから先は」

僕は言った。

「松倉詩門の物語だ。僕のじゃない。いつもの図書室で完結を待つよ」

おそらく僕は、昔話の結末を知ることはないだろう。松倉が金を見つけても、見つけられなくても、それは松倉の家族の問題であり、家族のことは学校という小空間にふさわしい話題ではない。

冷たい風が溜め池にさざ波を立てている。流れてきたちぎれ雲が月にかかり、月明かりを失って僕は松倉が見えなくなる。

「ありがとう、堀川。そして……すまなかった」

夜の中から、それだけが聞こえてきた。

友よ知るなかれ

The Book and The Key

1

ふだん金曜は少しだけ夜更かしし、土曜日に少しだけ遅くまで寝ているのだけれど、今日は早く起きた。白飯と目玉焼きで朝を済ませ、薄緑色のシャツにウインドブレーカーをはおり、トートバッグに財布と携帯を入れて、九時半には家を出て自転車にまたがった。

駅前の複合ビルにいくつか公共施設が入っていて、最上階とそのひとつ下が図書館になっている。交通の便はいいのだけれど駐輪場が狭く、特に今日は休日で利用者が増えるだろうから、出遅れるとむざむざ引き返す羽目になりかねない。バスで行けば駐輪場の心配はないけれど往復のバス代がなかなか馬鹿にならないし、やはり自転車で早い時間に行くのがいい。

空が高い日だった。うろこ雲を東へ東へと吹き流す朝の風は冷たささえも清《すが》しいけれど、低気圧が近づいていて午後からは雨になるそうだ。出来れば降り出す前に帰りたいと思うと、ペダルを踏む足にも力が入った。

駅前のロータリーから複合ビルを見上げる。有名な建築家がデザインしたということのビルは開放的な空間というのが売りで、ガラスを多用して見晴らしがよく、全面ガラス張りの壁面からは燦々《さんさん》と太陽の光が射し込み、おかげで図書館の本がとても効率的に日焼けすると松倉が言っていた。それを知っているということは、松倉はよくここに来ているのだろうか。

僕はといえば、浦上先輩に頼まれて暗号を解いたとき、日本十進分類法を調べるために来たのが最後だ。中学生の頃はときどき来ていたけれど、今年の春から図書委員になって学校の図書室に行くようになり、自然と市の図書館からは足が遠のいていた。けれど今日の用事は、図書館でなければ果たすことが出来ない。

駐輪場はビルの地下にある。駐輪料金が百円かかり、複合ビルの施設をどれか使えば無料になる仕組みだけれど、たしか図書館では割引サービスを受けられなかったはずだ。中学生のときは理不尽に感じたけれど、図書委員を務めてきたいまなら理由がよくわかる。図書館には本を借りに来る人もいるし、調べ物のために来る人もいるし、新聞を読みに来るだけの人もいるだろうし、こういう公共図書館ならきっと冷暖房を目当てに来る人もいるはずで、図書館を利用するという言葉がなにを指すのか線引きが難しいのだ。というわけで、帰りに住民票でも取ってくるのでなければ、僕は駐輪料金を払わなくてはならない。

駐めた自転車を見ながら、僕は思う。

松倉の宝探しには、明らかにおかしな点があった。昨夜、どう考えてもあり得ないことが起きていた。松倉のやり方では絶対に上手くいかないはずのことが、上手くいってしまっていた。

その理由を知るために、僕は土曜の朝から図書館に来ている。

開放的なデザインのビルはエレベーターも開放的で、ガラス張りのカゴで外を見ながら上っていく。高所恐怖症の愛書家にとっては、世界でもっとも訪れにくい図書館かもしれない。眼下の街の一角に駐車場があって、色とりどりの車が駐められているのが見えた。

あり得ないこととは、松倉の父親のバンが見つかることだ。特に、月極駐車場で見つかることは絶対にあり得なかった。河川敷とか所有者不明の空き地とか、空き家の駐車スペースとか、そういったところに不法に放置されたバンが見つかる可能性はゼロではないと思っていたけれど、月極駐車場でだけは見つかるはずがなかった。

当然だ——月極駐車場を借りるには、賃料がかかる。具体的には、あの駐車場は月あたり七千五百円で貸しているとネットに出ていた。松倉の父親が六年前に死亡したのなら、駐車場の賃料は誰がなんのために払うのか。松倉の母親か誰かが、真っ先に契約を解除したはずだ。

　なのに、バンは実際に月極駐車場で見つかった。僕は最初戸惑い、困惑し、それから少し落ち着くと正当化を試みた。もしかしたら、なにかの行き違いで駐車場のオーナーが松倉家と連絡が取れなくなったのかもしれない。賃料は滞納され続け、他人のバンを勝手に処分することもできなくて、困っているのかもしれない……。しかし、バンは土埃に汚れてはいるものの、特にオーナーからの催告状などは付けられていなかった。これをどう解釈すればいいのか。

　決まっている。

　駐車場の賃料は、いまでも払い続けられているのだ。

　あのバンは契約に則《のっと》って、月々の賃料と引き換えに、合法的にあの場所に置かれている。駐車場のオーナーが土地をふさいでいるバンを慈悲の心で六年間見逃しているというほとんどあり得ない可能性を除けば、誰かがいまでも賃料を払い続けているとしか考えられなかった。そしてたぶん、何度か契約更新もしている。

　誰が、なんのために駐車場を借り続けているのか？

　誰がという問いに対して、まず思いつくのは松倉の母親だ。夫と死別したあと、その夫が使っていたバンを相続し、その駐車料金を払い続けている。でも、なぜ？

　いまでもバンを使っているというなら、納得できる。しかしバンのフロントウィンドウは前が見える状態ではなく、荷台には六年前のキャンプに使ったのだろう品々が積まれたままで、とても使われているとは思えなかった。そこで僕は考えを修正した。

いま使っているのではなく、近い将来使う当てがあるのだとしたら？　いや、それにしたってバンは売却するなり廃車にするなりして、必要が出来てから改めて車を買い直した方が、六年間駐車場料金を払い続けるよりも合理的だ。たしか車は持ち続けるだけで税金を取られるはずだから、なおさら、乗りもしない車は処分してしまった方がいい。

では、バンを処分出来ない理由が、なにかあったのだろうか。

あった。

鍵だ。502号室の鍵。あの鍵がバンのサンバイザーの裏に残されていたからだ。鍵が第三者の手に渡ったり自動車解体工場でくしゃくしゃになったりしてしまっては困るから、バンは処分されなかった。

でも、鍵一つだけのことなら、回収してしまえば済む話じゃないか。バンのために駐車場を借り続けている人間は、なぜ、鍵をバンから取り戻し、バンを処分して駐車場の賃貸契約を解除しなかったのか？

こう考えると、駐車場を借り続けているのが松倉の母親だという線は疑わしくなってくる。松倉の母親は仕事に行っているそうなので、なんらかの問題があって身動きが取れず、鍵が回収できないというわけではなさそうだ。契約更新のときに契約書の内容を確認することを考えれば、どこにバンがあるのかわからないという状況もあり得ない。つまり、賃料を払っているのは彼女ではない。

誰が、なんのために。……こんな問いに答えがあるのだろうか？

僕は、あると思う。昨夜、駐車場にバンを見つけてからずっと考え続け、ひとつの可能性に辿り着いたと思っている。

エレベーターが止まり、ドアが開いていく。携帯で時刻を見ると、開館時間を二分過ぎていた。

太陽の光をいっぱいに取り込む設計の図書館は、すべての窓にブラインドが下りていた。広々とした館内はそれでも光に満ち、開館直後だというのに子供のはしゃぐ声が聞こえてくる。閲覧用の机では学生らしい男女がノートを広げてもう勉強を始めていて、今日の新聞や新しい雑誌を並べたコーナーは、ほぼすべての椅子がご年配で埋まっていた。白を基調にした内装が図書館としては少し落ち着かない感じがするけれど、書架に並ぶ圧倒的な量の本たちのおかげか、それほど気にはならない。床には灰色のカーペットが敷き詰められていた。

図書館に入ってすぐ、左手にカウンターがある。カウンターには「貸出」「返却」と書かれたプレートが掲げられ、そして隅の方に、「しらべもののおてつだい」と書かれた紙が貼られていた。ノートパソコンを前に、そんなに丸い眼鏡がどこに売っているのだろうと思うほど丸い眼鏡をかけた女の人が座っている。開館したばかりなのに、もう誰も来ないと確信したような気の抜けた顔をしている女の人の所に行き、

「すみません」

と声をかけると、別に驚いた様子もないふつうの答えが返ってきた。

「はい。なんでしょう」

「過去の新聞記事を検索したいんですが、できますか」

「過去というのはどれぐらい過去ですか」

「六年です」

「上の階に行っていただくと、階段右手奥に過去の新聞のコーナーがあります。係の者に言っていただければ、過去記事の検索もできます」

お礼を言って、頭を下げる。

フロアの真ん中に設《しつら》えられたガラス製の階段を上り、言われた通りに右手奥に進んでいくと、人の気配がどんどんなくなっていく。壁際に書架のない小さなスペースがあり、そこに最近の新聞と縮刷版、それにやや古そうなパソコンが置かれていた。新聞のコーナーというのはここのことだろう。係の人というのが見当たらなくて少し探したけれど、ほどなく初老の男の人を見つけ、口頭でパソコンの使用許可をもらった。

回転椅子に座ってパソコンに向かい、過去の記事を検索する画面を立ち上げる。問題は、ここでどういう言葉を検索するか。

松倉は僕に、宝探しの件に限っては僕に嘘を言っていない、と明言した。僕はその言葉を信じる。では、松倉は僕にどんなことを話しただろうか。——昨夜ノートに書き出してみた。

①現金を貯め込んでいる自営業者がいた
②近所で窃盗事件が多発し、警官が気をつけた方がいいと警告に来た
③自営業者が現金を移した
④警官が窃盗で逮捕され、偽警官だと判明した
⑤自営業者は、移した現金を自宅に戻す前に死亡した
⑥息子が現金の行方を探している

そして、そのあと判明したことは、こうだ。

⑦松倉の父親はバンを持っていた
⑧バンは月極駐車場に駐められていた

⑨バンの中に鍵があった

松倉の話に嘘がないなら、自営業者が死んだというのも事実だと考えられる。死者は駐車場を借りられないいし、賃料を払い続けることも出来ない。では、誰ならそれが可能だろう。

誰なら、バンから鍵を回収することが不可能になるだろう。

僕はパソコンに、松倉の父親の名前を入力しようと考えている。松倉という苗字《みようじ》だけで検索しても、結果は膨大になるだろう。彼の名前を知りたい。

松倉詩門と礼門の兄弟の名前は、英語圏の名前、サイモンとレイモンドに由来するものではないという。「門」の字は祖父から取ったもので、かつ、兄弟の名前は父親のそれになぞらえたそうだ。そして松倉は、父親と自分と弟で「五分の三」だと言っていた。「門」の字は、松倉の父親の名前には関係がない。とすると当然、関係があるのは「詩」と「礼」になる。

詩と礼を含む五つから成るものが、なにかこの世にないか。

学校の授業も真面目に受けておくものだ。僕はそれを世界史の時間に教わって知っていた。詩経、礼記《らいき》と書いてみればわかりやすい。詩経、礼記、書経、易経と、もうひとつ。儒教の主要経典である五経が、松倉詩門の名前の由来ではないか。
書経と易経は、やや人の名前に使いづらい。僕はパソコンの検索ボックスにこう打ち込んだ。

【松倉春秋　窃盗　逮捕】

「文藝春秋」を文字列に含む記事がずらりと出てきたので、「−《マイナス》文藝」を付け加える。ところが、ざっと見る限り、目指す情報は見つからない。僕の考え違いかと思ったけれど、もしかしてと思って「松倉」を削ってみた。
六年前の記事が、一瞬で表示された。

【高崎《たかさき》署と県警捜査三課は十九日、住居侵入と窃盗の疑いで東京都北八王子市永見《ながみ》、自称コンサルタント業奥知春秋《おくちはるあき》容疑者（三九）を逮捕した。六月二日午後二時ごろ、高崎市内の民家に侵入し、現金五百円を盗んだ疑い。高崎署によると、「間違いありません」と容疑を認めている。
捜査三課は、五月から六月にかけて多発した同様の事件のほか、六月十八日に高崎市内の民家から貴金属類（七百万円相当）が盗まれた事件との関連も視野に入れ、慎重に捜査を進めている。また、同時期に高崎市内で目撃された警察官を名乗る男についても奥知容疑者が事情を知っているものと見て、取り調べる方針。】

予想はしていたはずだったのに、喉の奥から妙な声が出るのを僕は止めることが出来なかった。

松倉はたしかに嘘を言っていなかった。偽警官が自営業者を騙し、偽警官が逮捕された事件は本当にあった。けれどあいつは、すべてをわかりやすく話したわけではない。嘘はついていないが、僕が当然の勘違いをするように誘導した。

松倉の父親は、亡くなった自営業者ではない。

逮捕された偽警官の方なのだ。

2

松倉の両親が事実婚ではなかった場合の話だが、松倉の母親は夫と別れて旧姓に戻ったのだろうと推測できる。それに伴って奥知詩門もまた、松倉詩門と名が変わったのではないか。

「奥知春秋　判決」で検索すると、事前に警官に扮《ふん》して被害者を誘導した犯行の計画性が指摘され、職業的な犯行だとして住居侵入、常習特殊窃盗などで懲役八年の実刑判決が下っていた。検察、弁護側ともに控訴はしなかったらしい。

松倉の父親は収監された。貯金さえあれば刑務所の中からでも弁護士を介するなどして駐車場の契約を更新することはできるだろうし、自動車の税金を払うこともできるだろうけれど、自ら月極駐車場に行って502号室の鍵を回収することはできない。これで、誰も乗らないバンが六年間置かれ続けていた理由はわかった。

そして、松倉が誘導したのは父親のことだけではなかった。

放課後の図書室で松倉は、偽警官にそそのかされて自営業者が現金を移したあと、その現金が盗まれる前に偽警官が逮捕されたように話したけれど、実際には違っていた。金は盗まれたのだ。たしかあのとき、松倉は「自営業者は金を戻そうと考えた」と言っていたと思う。金を盗まれた自営業者がそれを取り戻したいと考えることは当たり前だから完全な嘘だとは言えないまでも、これはかなり微妙なラインの言いまわしだ。

松倉が探していた宝物は、松倉の父の盗品だ。新聞に書かれていた、七百万円相当の貴金属類だろうか？

「どうして……」

そう呟いたときだった。

「やっぱり辿り着きやがったか。嫌な予感がしてたよ、堀川」

後ろから不意に声をかけられた。弾かれたように振り返るけれど、顔を見る前から声でわかっていた。生地の柔らかそうなシャツを着て黒いパンツのポケットに片手をつっこみ、松倉詩門が立っていた。

松倉が見ているのは、僕がさっきまで操作していたパソコンだ。モニタには奥知春秋への判決を報じる記事が表示されている。僕がなにをしていたのか、なにを知ったのか、一目瞭然だろう。

「なんでここに！」

後ろめたさにひやりとしつつ、思わず声を上げると、松倉はいつものように肩をすくめた。

「難しいことじゃない。お前は俺の話を疑っていた。裏を取るとすれば新聞、となるとまずは図書館だ。ところがこの図書館は駐輪場が狭くて、自転車で行くなら朝一番でないと油断ができん。バスで来れば何時でも大丈夫だが、まあ、金がかかるからな」

完璧に読まれている。一瞬呆然としてしまうけれど、それでかえって落ち着きを取り戻せた。僕はモニタを指さし、短く訊く。

「本当なのか」

松倉が答えた。

「ああ。本当だ」

新聞が間違っていると思っていたわけじゃない。だけど、松倉の口からこうもあっさり肯定されると、やはり少しショックだ。松倉はモニタに近づき、ざっと目を走らせると、小さく溜め息をついた。

「知られたくなかったよ。お前が手がかりを見つけるたびに昂奮したのは本当だが、同時に、もしかしたら知られるんじゃないかとびくついてた。それでも、まさかこの記事に辿り着くとはな。見くびっていたわけじゃないが、堀川、さすがだ。どこから気づいた？」

「……駐車場の賃料から」

「駐車場だと……ああ！」

松倉は目をつむって天を仰いだ。

「そりゃあそうだ。当たり前だ。誰が駐車場の契約をしているか考えれば、あとは一直線だ。ん？　俺、親父の名前なんか言ったか？」

「いや、言ってない。詩門と礼門と親父さんで五分の三、と言っていただけで」

「まさかそれだけで親父の名前を？　すげえな」

口元を押さえて軽くうつむき、松倉は忍び笑いを洩らす。

「俺だって、自分の名前が四書五経由来だって気づいたのは高校に入ってからだ。まいったよ。お手上げだ」

実際に両手を上げて言うとまたひとしきり笑い、それから松倉は不意に真顔になった。

「嘘はつかなかったが、それが言い訳になるとは思ってない。全部話さなくて悪かった。お前には知る権利があると思って探したんだ。会えてよかったよ」

僕の質問に答えるため、松倉はここに来たというのか。

「……僕を止めるためじゃないのか」

「止められればその方がよかったけどな。無理だろう、そんなこと」

たしかに、僕が勝手に知ろうと思うことを、松倉が止められるはずもない。

答えるというのなら、訊きたいことはいくつもあった。僕はまずモニタを指さす。

「記事じゃわからない。実際、どういう事件だったんだ」

「ほとんど、話した通りなんだけどな……。昔話の中で自営業者と呼んでいたのは、印《いん》場重郎《ばじゅうろう》という爺《じい》さんだ。東京を中心にグレーな商売をして、生まれ故郷の高崎に豪邸を建てて住んでいた。こいつが、稼ぎの一部をその豪邸にプールしていたらしい。で、どういうわけか親父がそれをかぎつけて印場を揺さぶり、まんまと盗み出したまではよかったが、揺さぶりのために繰り返した小さな盗みの一つで足がついて、無事にとっつかまった。親父は印場の金は隠し通したが、極めて計画的で悪質だってことで結局懲役八年を食らった。俺も小学生だったし、警察はどんな事件だったかなんて教えてくれないし、お袋は親父の話をしたがらなくて、収監先も教えてくれない。仮釈放が棄却されたことは教えてくれたが、それぐらいしか知らないんだ」

隠し通したというのが頷けない。

「金を隠しても、民事で賠償請求されて結局持って行かれるんじゃないか？」

盗まれた金が見つからなくても、被害額と同額の賠償を求めて窃盗犯を訴えることはできそうなものだ。そうなれば窃盗犯側に勝ち目があるとは思えないし、貯金を差し押さえられてしまえば、やはり駐車場の賃料を払うことはできない。

松倉は少し笑った。

「なかなか鋭いな。そこがこの話の面白いところだ。わからないのも無理はないが、実は……」

待てよ、いま松倉は、被害者は稼ぎの一部を豪邸にプールしていたと言っていた。ということは。

「ああ、さては盗まれたのは隠し財産だったから、被害者は金のことを言い出せなかったのか」

ちょっと渋い顔をされた。

「お前の悪いところだな。人が得意げに話しているときは黙って聞くのもマナーだろ」

「言いたかったのか。すまん」

松倉は頭をかいた。

「まあ、そんなところだな。表に出れば、自分も脱税で手が後ろにまわりかねん金だったらしい。だから、親父の罪状に印場の金を盗んだことは含まれていない。宝石のたぐいは返したが、現金に比べればおまけ程度だったそうだ」

印場以外の被害者から盗んだのは、新聞によれば五百円ほどだった。貴金属類を返し、現金を弁償しても、もともとの貯金はほぼ手つかずで残っただろう。これで駐車場の賃料を払えた理屈はほぼわかったけれど、松倉の話にはやはり、嘘ではないにしろ曖昧にされている部分がまだ残っている。たとえば被害者が隠し、裁判でも取り上げられなかった印場の隠し財産の存在を、なぜ松倉が知っているのか?

「松倉……」

言いかけて、僕は言葉を呑み込んだ。これは訊かないことにしよう。父か母か、どちらかが洩らしたのだということは充分に察しがつくじゃないか。松倉の母親は奥知という苗字を名乗らず、収監された夫のことを語りたがらないというのだから、罪を犯した夫を子供たちから遠ざけようとしていることもおおよそわかる。だけど、そうしたことを松倉から細かく聞きたいか？　妙な話に巻き込まれたけじめとして聞くべきことは聞くけれど、必要以上の深入りはしたくない。

「なんだ」

「いや、いい。それよりも」

それよりも、ほかに確認しておきたいことがあった。とても重要な点だ。

「その印場重郎は、どうして死んだんだ」

「いや、憶えてないが……。たしか癌《がん》じゃなかったか。九十は超えてたはずだ」

戸惑った答えが返ってくる。

「窃盗事件とその人の死は、関係ないんだな」

罪状に傷害や殺人が含まれていなかったから、僕も十中八九両者は無関係だと思っていたけれど、これはいちおう確かめないわけにはいかなかった。松倉は少しあきれた顔をする。

「なんだ、そんなことを考えていたのか。親父は、印場どころか誰にも指一本触れなかったはずだ。そりゃあ金を盗まれたショックが印場の寿命を縮めたと言われれば否定しようもないが、事件は六年前で、印場が死んだのは四日前だぞ」

四日前というと……。

学校の図書室で、昔話をしたのが三日前だ。そうだ、あの日はたしか、松倉は図書委員の仕事をさぼって新聞を読んでばかりいた。

「新聞に訃報が載っていたのか」

無言が肯定の証だった。

事件の被害者が亡くなったことを知って、松倉はなにを考えたのだろう。いまならわかる、松倉はあの日、訃報欄をじっと見続けていたのだ。そして図書室を閉める時間が近づいて、なにげなく僕に昔話でもしようと持ちかけた。

もしあの日、昔話なんかしなければ、僕は松倉の父親について一切知ることはなかった。それは松倉も望んでいたことのはずだ。

「……どうして僕に話したんだ」

そう訊くと、松倉は少し目を伏せた。

「どうしてだろうな。よくわからない。ずっと一人で探してきたのに、どうしてお前にだけ助けを求めたのか。あの金を見つけるためならなんでもするつもりだったが、同時に、誰にも知られたくないとも思っていた。お前に話したのは……」

考えをまとめるような沈黙があった。

「お前なら頼れると思っていたから。どうせなにも見つかりはしないから、話しても構わないと思っていたから。どっちだろうな、たぶん両方だ。いまも、馬鹿なことをしたと思う気持ちと、お前にだけは話せてよかったと思う気持ちが半々ぐらいで、どっちが強いとも言えない。とはいえ、お前には迷惑な話だったろう。すまなかった」

迷惑……たしかに、知らなかったとはいえ盗まれた金にかかわっていたら、とてつもない大迷惑になりかねなかった。ただ実際には金はまだ見つかっていないのだし、なにか知らないうちに僕が罪を犯したというわけでもない。

「謝ることはないさ、迷惑とは思ってない。驚いたけど、楽しかったのはたしかだよ」

一瞬、松倉はふっと表情を和らげた。たぶん松倉も、少しは楽しかったのだろう。

本で満ちた空間の一部を切り取ったような小空間で、僕は回転椅子に座ったままで、松倉はポケットにまた片手だけ入れて立っていた。土曜日の図書館は賑わっているはずなのだけれど、本が音を吸収してしまうのか、僕たちがいる場所は静かだった。窓に下りたブラインドは完全な遮光はしておらず、洩れる光が灰色のカーペットに落ちている。

いろいろなことがわかった。そして僕は、もうひとつだけ知りたかった。

「それで、松倉、これも訊いておきたいんだが」

松倉は無言で先を促す。

「隠し財産は、七百万相当の貴金属がおまけに見えるほどの額だと言っていたな。それが見つかったら、どうするつもりだ」

七百万がおまけに見えるというのは、どれぐらいの額なのだろう。数千万、あるいは億以上？

松倉は微動だにせず、僕の前に立っていた。なにもしていないところを演じろと言われた演劇部の新入部員のように、ただ棒立ちしていた。

沈黙は一瞬だけだったはずだ。松倉は言った。

「印場の遺族に返す」

僕は、なにも言わなかった。パソコンのデスクに片肘を置いて、下から松倉を見上げていた。松倉は僕が騙されやすいと言っていたが、いくらなんでもこれには騙されない。気のせいか、松倉の顔が赤くなった気がした。視線を逸らし、それから自らを恥じるように力なく笑う。

「いや、嘘は言わないんだったな」

いつも不敵に笑い、どこか底知れない松倉詩門は、そこにいなかった。僅かに体を斜《はす》に開いて視線をさ迷わせ、言葉を探す松倉は、ただの高校二年生だった。

「使うつもりはない。それは本当だ。だけど……」

呟き声は途切れがちだ。

「親父がいなくなって、お袋は朝から晩まで働いてる。しょっちゅう反吐《へど》を吐きながらな。あれじゃあ体が保つはずがない。俺だってこう見えて夜はバイトしてるが、楽にはならない」

楽というのは、体力のことではないだろう。

学校事務室の前で、松倉と鉢合わせしたときのことを思い出す。もう何週間も前の話のようだ。あのとき松倉は、支払いが遅れた学費を払っていた。事務室には浦上先輩もいて、僕は、浦上先輩がああいうことをしたのは公立高校の学費が払えないほど切羽詰まっているからなのかと臆測した。

同じ臆測は、松倉に対しても成立する。だからあのとき松倉は僕の言葉を止めたのか。それとも、これも臆測だろうか？

「あの金が見つかっても、使うつもりはないさ。当たり前だ。でも、来年は弟が受験で、俺だって大学に行きたい。綱渡りから抜け出すにはいい大学の看板が欲しい。お袋が倒れたら入院だってさせてやりたい。唸るような大金はいらないが、百万、十万でもあればどれだけ気が休まるか。手元に金があることの安心感――ないことの頼りなさは、堀川、お前にはわからんかもしれん」

「だけど、いつもいいシャツを着て、バス代も飲み物代も、美容院代だって惜しまないじゃないか」

「金がないなら、首を引っ込めて生きろって？」

そんなつもりはなかった。かっと頬が熱くなる。松倉の口の端が僅かに持ち上がる。

「そんな弱みを誰が見せるか。植田を憶えているだろう。兄貴がちょっとやんちゃなだけで、あの一年生が呼び出されて横瀬になにを言われたか。そして横瀬が難癖をつけているとき、職員室で誰かひとりでも植田をかばったと思うのか。弱みってのはそんなもんだ。あのときはちょいと意地の悪いことも言ったが、俺はあいつに同情してる。弱み一つで世界は変わる……。そうだな、お前には、親父の教えを一つだけ教えてやってもいい。いい」

松倉は指を一本立て、囁く。

「やばいときこそ、いいシャツを着るんだ。わかるか?」

……わからない。いまの僕には。

だけど、松倉詩門がいつも自信ありげにふるまう理由は、なんとなくわかった気がした。松倉が六年間「宝物」を探し続けたのは、ロマンでもなんでもなかった。探す理由があったのだ。なら、

「これからも探すのか。文倉町に行くつもりか」

「もちろん」

言下に答えが返る。僕も、すぐに言う。

「考え直せ。その金は……」

「泥棒の上がり、か」

言葉に詰まった。松倉は僕の躊躇を見透かしたように笑う。

「お前を巻き込んだのは俺だから、説明はした。お前が降りるなら構わないし、正直、降りてくれてありがたいと思ってる。このあと俺がどうするかはお前が考えることじゃない。心配するな、あの金はただのお守りだ。俺はお守りが欲しいだけなんだ」

嘘をついているつもりはないのだろう。つまり、自分自身でもそう思い込んでいるのだ。僕には松倉の言う頼りなさはわからない、だけど、絶対に手をつけられない金がい

くらあったところで、安心なんか出来るはずがない。自分が使えない金でも近くにあるだけでいいのなら、銀行で暮らせば気持ちが楽になるのか。そんなはずはない。松倉の言うことは混乱している。

「それで、いっさい手をつけずに置いておいて、生活が安定したら耳を揃えて返すっていうのか。そんなことができると思うのか」

　盗まれた金だと知っていて、一円でも使ったら共犯を疑われかねない。いや、金を手元に置いて返さずにいるだけでも危うい。

「できるかどうか、お前には関係ないだろう」

「関係はある……あるんだ、松倉」

　僕だけ座っていることが耐え難く、ゆっくりと立ち上がる。

「僕には、金のことはわからない。僕が堂々と安い服を着て歩けるのは、お前の言い方だと、やばくないからなんだろう。使うつもりのない金でもお守り代わりになるというのは信じ難いけど、もしかしたら、そういうこともあるのかもしれない。要するに、僕にはなにもわからないし、なにも言う資格はないのかもしれない」

　こうして向かい合って立つと、松倉の方が頭半分ほど背が高い。肩幅の広さはスイミングスクールで鍛えたからだと聞いていたけれど、そこには何歳ぐらいまで通っていたのだろう。

「だけど僕だって、もし今日親父が死んだら、明日からどうなるかわからない。来年には、いまは想像もつかないような汚いことをして生きてるかもしれない。だから、関係はあるんだよ」

「馬鹿馬鹿しいな。仮定の話だ。俺は今日の話をしてる」

「盗まれた金に手をつけるような真似はよせと僕が言っても、ただきれいごとのお題目に聞こえるんだろう。だけど松倉、お前、長谷川先輩になんて言った？」

自殺してしまった友達が最後に読んでいた本を探すため、貸出履歴を見せろと迫ってきた長谷川先輩を、松倉は正面から撥《は》ねつけた。斜に構えつつも、堂々と。

「僕は憶えてる。お前はこう言ったんだ……どんなに立派なお題目でも、いつか守れなくなる。だったらせめて守れるうちは守りたい、と。そうだと思うよ、僕だっていつか、理想論なんか守ろうともしなくなる日が来るんだろう。でも、なあ、もう少しだけ守れないか。割のいいバイトを探すとか、奨学金をもらうとか、なにか、なにかほかの手はないのか」

歯がみしたくなる。そんなこと、松倉はとっくに考えたに決まっているじゃないか。僕は松倉になにもしてやれないのに、松倉から蜘蛛の糸を奪おうとしている。でもその糸が極楽から垂らされているとは、僕にはとても思えないのだ。

「お前の事情のぜんぶを知ってるわけでもないのにこんなことを言うのは、偽善なんだと自分でも思うよ。軽蔑されても当然だ。それでも、なんとか、もう少し……」

くそっ、どう言えばいいんだ。松倉詩門、僕は君に、取り返しのつかない道を選んで欲しくないんだ！

思いをまとめることができないまま、かろうじて、言葉を絞り出す。

「もう少し、ただの図書委員でいてくれないか」

松倉は答えなかった。

ポケットから手を出し、髪をかき上げ、天井を見上げると小さく息を吐いた。

そして、力なく笑った。

「……堀川。お前はいいやつだよ」

再びポケットに右手を入れる。

「見事に言質《げんち》を取られたな。そうだな、初めて、そうしてみたくなった」

足元を見つめ、松倉は僕と目を合わせない。

「話は済んだ。悪いが、いまの話は誰にも言わないでくれ。変な噂が立つと、学校をやめなきゃならん」

もちろんだ。念を押されるまでもなく、黙っているつもりだった。

「じゃあな」

軽く左手を振り、松倉は背を向けて歩き出す。灰色のカーペットに吸収されて、足音は聞こえない。僕はその後ろ姿に向けて言った。

「ああ、じゃあな、松倉。また月曜に図書室で会おう」

立ち止まり、肩越しに振り返る松倉の口元には、苦笑いが浮かんでいた。なにも言わずもう一度手を振って、松倉は図書館の書架のあいだに消えていく。

雨は予報よりも早く降り出したらしい。気づくと図書館は、雨が窓を叩く音に、静かに満たされていた。

3

週末を松倉がどう過ごしたのか、僕は知らない。

文倉町のマンションをひとつひとつ巡ったのか、バイトに精を出したのか、受験に備えて勉強したのか、それとも、なにかいい本を見つけてページを繰っていたのかもしれない。

僕は図書館で印場重郎という名前を検索し、彼が経営していた不動産開発会社が幾度も民事で訴えられているほか、不起訴になったとはいえ本人も脅迫で逮捕されてもいたこと、何度か所得隠しが露見して追徴課税されていたことを知った。だからといって松倉の父親が悪徳商人から汚い金を盗む義賊だと思ったわけではないけれど、卑怯《ひきょう》にも、少しだけ安心してしまった。

月曜の放課後、図書室に何冊か新しい本が納入された。分類記号448、天文地理学の本が一冊、361の社会学の本が一冊、そして913、日本の小説が一冊。僕は利用者のまばらな学校図書室で、それらの本に傷みがないかページをめくってチェックし、天地に印を押し、背ラベルを貼りブックコートフィルムをかけて新着図書の棚に並べた。利用者に本を貸し出し、延滞している生徒に督促状を書き、図書室だよりの草案を練った。新しく入れる本の候補をリストアップし、利用者が机に残していった消しゴムのかすを捨て、返却本を書架に戻していった。

手が空くとカウンターに頬杖《ほおづえ》をついて、窓を叩く木枯《こがら》しの音を聞いた。

そうしながら、僕は友を待っていた。

あまり待たせるな、仕事がひととおり終わってしまったじゃないかと、少しだけ腹を立てながら。

解説

朝宮運河

光と影のバランスが素晴らしい小説だ。青春時代に特有のきらめきとその陰りが同時に描き込まれており、読後訪れる静かな余韻にいつまでも浸っていたくなる。

『本と鍵の季節』は二〇一二年から「小説すばる」誌に断続的に掲載された五編に、書き下ろしのエピソード「友よ知るなかれ」を追加し、二〇一八年に単行本として刊行された連作短編集だ。

主な舞台となるのは東京二十三区外にある男女共学の高校で、主人公の「僕」こと堀川次郎は二年生。図書委員のメンバーである彼が、図書委員会の会議で知り合って親しくなった友人・松倉詩門とともに、日常空間に立ち現れる謎を解決してゆく、というのが収録作の基本的なパターンである。

一介の高校生である堀川と松倉が、探偵役として謎解きに関わるまでには、毎回さまざまなドラマがある。たとえば巻頭作の「913」では、図書委員の先輩である浦上麻里が、二人に向いているアルバイトがあると声をかけてくる。その内容とは、先輩の祖父が遺した「開かずの金庫」を解錠してくれというもの。「けっこう、お金持ち」だったらしい彼女の祖父は、金庫の開け方を伝えることなく死亡してしまった。困り果てた先輩は、堀川と松倉の暗号解読のセンスを見込んで、謎解きを依頼してきたのだ。

手がかりは生前の祖父が口にしていた、「麻里にはなにかいいものをあげよう。麻里が大人になってから、もう一度この部屋においで。そうしたら、きっとおじいちゃんの贈り物がわかるはずだよ」という言葉。いいものとは何か。大人になるとはどういう状態を指すのか。漠然としたメッセージに込められた真意と「開かずの金庫」の解錠方法を、堀川と松倉は協力して探ることになる。

第三話「金曜に彼は何をしたのか」では、素行不良の兄に悩まされている図書委員の後輩が、第四話「ない本」ではある情報を求めて図書室に足を踏み入れた三年生が、それぞれ堀川と松倉に相談を持ちかける。二人揃《そろ》ってヘアカットに出かけた美容院でのささやかな事件を扱った第二話「ロックオンロッカー」のように、偶然ミステリアスな現象に遭遇することもある。

このように物語の発端はさまざまだが、すべてのエピソードに「本」または「鍵」、あるいはその両方が重要なモチーフとして登場するという共通項がある。愛すべき図書委員コンビを探偵役にすえた本書は、米澤穂信なりのビブリオ・ミステリと見なすこともできるだろう。

ビブリオ・ミステリとは書物にまつわるミステリのことで、今日まで多くの作品が書かれてきた。紀田順一郎の「古本屋探偵」シリーズ、三上延《えん》の「ビブリア古書堂」シリーズ、大崎梢《こずえ》の「成風堂書店」シリーズなど枚挙にいとまがない。米澤穂信が学生時代に大きな影響を受けたという北村薫の『六の宮の姫君』も、芥川龍之介の短編をめぐる一種のビブリオ・ミステリだった。こうした傾向の作品が根強い人気を誇るのは、ミステリ好きの大半が本好きであることに加え、多くの情報や手がかりを盛りこめる本というアイテムの強みによるところも大きいだろう。

『本と鍵の季節』の設定も本好きの心をそそってやまないが、多くの先行するビブリオ・ミステリとは異なり、書物にまつわるマニアックな知識には力点が置かれていない。堀川も松倉も「どちらも多少は本を読むけれど、ものとしての本を神格化するには愛が足りていない」というタイプだし、熱狂的な活字マニアのようなキャラクターも登場しないのだ。

もちろん大の読書家として知られ、すでに『追想五断章』や『儚《はかな》い羊たちの祝宴』のようなブッキッシュ（書物愛的）な作品を執筆している米澤穂信のこと、膨大な知識を盛りこんだビブリオ・ミステリを書くことも可能だったはずだ。しかし本書ではあえてマニアックな世界からは距離を置き、より普遍的で、開かれた青春小説を志向している。

全編に共通した特徴として挙げられるのは、一見なにげない描写やセリフの数々を伏線としたロジカルな謎解きシーンの見事さ、つまり本格ミステリとしての抜群の「巧《うま》さ」である。

米澤穂信がトリッキーな短編ミステリの名手であることは、山本周五郎賞を受賞し、史上初めて「このミステリーがすごい！」など三つのミステリランキングで一位に輝いた珠玉の短編集『満願』を読めば明らかだろう。『満願』と相前後して書かれた『本と鍵の季節』でも、やはり著者のテクニックは際立っている。単行本で巻頭の「９１３」を初めて読んだ際、その大胆なストーリー展開に驚くとともに、「そこまでやるのか」と言いたくなるような伏線回収の徹底ぶりに舌を巻いた。他の収録作にしても同様で、ストレートな青春小説と思って読んでいると、毎回とんでもない背負い投げを食わされることになる。

米澤穂信はこの連作を書くにあたり、ミステリのさまざまなパターンを踏襲することに努めたという。暗号解読ものの「９１３」に続いて書かれた「ロックオンロッカー」では、美容院の店長がもらしたある一言にこめられた意図を、堀川と松倉がそれぞれ推理することになる。これはハリイ・ケメルマンの名作短編「九マイルは遠すぎる」をなぞったものだ。学校のガラスを割った疑いをかけられている兄の無実の証拠を見つけてほしいと後輩に頼まれる「金曜に彼は何をしたのか」は、いわゆるアリバイ（現場不在証明）もの。「ない本」では自殺した友人が死の直前に読んでいた本を探している、という三年生の相談を受け、図書室にある無数の本の中から目的の一冊を消去法推理で割り出してゆく。

個人的にもっともミステリ的興奮を味わったのは、堀川と松倉がある事件の「傍観者」となった「ロックオンロッカー」。割引サービスを受けるために、揃って夜の美容院に出かけた二人。賑《にぎ》やかに彼らを出迎えた店長は、ロッカーの鍵を手渡しながら、気になるセリフを口にする。二人はそれぞれ発言の裏の意味を推測していたが、どうやら考えが違っていたと判明。やがて店を出た二人は、ペットボトルのドリンクを飲みながら、店長の発言についてじっくり語り合う。店内で見聞きした三つのおかしな点を列挙し、それを矛盾なく説明する答えを導きだしていくロジックには、ぞくぞくするような知的興奮がある。

このように謎解きミステリとして高い完成度を誇る『本と鍵の季節』だが、一方で堀川と松倉の友情を描いた物語として読むこともできる。

四月に図書委員の会議で初めて顔を合わせ、軽口をたたき合うような仲になった二人は、初夏から冬にかけて起こったさまざまな事件を通じ、お互いをより深く理解していく。「９１３」のクライマックスにおいて、堀川はいつもの「皮肉で大人びた松倉」とは違った友達の隠された一面を知る。そして「僕はあのときほど、松倉を友達だと思ったことはない」としみじみ感じるのだ。

意外なことに「913」は、単発の読み切り作品として「小説すばる」に発表された作品だ（その後集英社文庫のアンソロジー『短編学校』にも収録）。つまり堀川も松倉も、本来なら一作限りのキャラクターだったのである。しかしこの魅力的なコンビの物語をもっと読みたいと思うのが人情だろう。そう考えた担当編集者のオファーによって、堀川と松倉の物語は晴れてシリーズ化されることになった。

ややお人好《ひとよ》しのところがある堀川と、同世代の高校生よりも大人びている松倉。「913」「ロックオンロッカー」の事件では、そんな二人のキャラクターの違いが、謎解きにも効果的に作用している。物事を二つの面から眺めることができる二人は、探偵役としてベストのパートナーなのだ。しかし「金曜に彼は何をしたのか」「ない本」になると、次第に事件の解釈をめぐってすれ違いが生じてくる。季節が巡り、冬が近づくにつれて、二人の関係性はややシリアスなものに傾いていく。

第五話「昔話を聞かせておくれよ」は、松倉のものの見方が何に由来するのかを説明するエピソードだ。冬のある放課後、松倉が唐突に「昔話でもしようぜ」と言い出す。困惑しながら堀川が話したのは、小学生の頃、夏休みのプールでの思い出。ミステリ小説的な要素を含んだこの出来事は、堀川に正しさのあり方について教えてくれた。それに対して、松倉が話し始めたのは六年前に起こったある事件と、その後日談。堀川はそれまで知らなかった松倉の過去を知り、彼の「宝探し」に手を貸すことを決意する。

その結果、堀川が生きてきた「学校という小空間」、社会の苛烈さから堀川を護《まも》ってくれていたシェルターのような世界は、大きく揺らぐ。「９１３」や「金曜に彼は何をしたのか」でも垣間見えていた小空間の外側が、「昔話を聞かせておくれよ」ではより生々しいものとして立ち現れてくるのだ。

そして最終話「友よ知るなかれ」では、堀川にとっての松倉の存在があらためて問い直される。連作を締めくくるこのエピソードは、序盤から張りめぐらされていた伏線が鮮やかに回収される構成の見事さもさることながら、絶妙なセリフによって表現される、二人の距離感が胸を打つ。それぞれ大人と子どものはざまに立つ堀川と松倉。二人の関係がどんな結末を迎えるのか。このほろ苦い物語の結末は、ぜひあなた自身の目で確かめていただきたい。

本書の単行本刊行時、米澤穂信と作家・青崎有吾《あおさきゆうご》の対談が「青春と読書」誌上でおこなわれた。学生時代、ミステリ研究会の部誌の企画で、米澤にインタビューしたことがあるという青崎は、その理由について「なぜインタビューさせていただいたかというと、米澤さんの作品が学生の間で絶大な人気があったからなんです」「しかも、現役の後輩たちにどんな作家が流行《はや》っているか尋ねると、やっぱり米澤さんだという。米澤さんの『古典部』『小市民』の両シリーズは、青春ミステリの定番として、ミステリ好きの学生がまず手に取る作品、というポジションなのかなと」と述べている。

青崎が指摘するように、著者が二〇代の頃に生み出した「古典部」「小市民」の両シリーズは青春ミステリのスタンダード作品として、今日もなお版を重ね、新たなファンを獲得し続けている。『本と鍵の季節』もそのような作品として読み継がれていくことだろう。

やはりビターな味わいのある「古典部」「小市民」両シリーズと本書との違いをあえて挙げるなら、主人公たちを見つめる著者の目が、これまで以上に優しいことだろうか。堀川と松倉の友情の行く末を、著者自身も息を詰めて見守っている。万感胸に迫る美しいラストシーンからは、そんな印象を受けるのだ。その意味で本書は、米澤穂信が大人になったからこそ書きえた、新たな青春ミステリといえるかもしれない。

最後に嬉《うれ》しいお知らせをしておこう。昨年（二〇二〇年）末、本書の続編刊行が予定されていることが、著者によってアナウンスされた。堀川と松倉の物語はこれからも続く。二人の友情と謎解きの行方を、末永く見届けてゆきたい。

（あさみや・うんが　文芸評論家）

集英社文庫

本《ほん》と鍵《かぎ》の季節《きせつ》

2021年6月25日　第1刷
2022年11月12日　第3刷

定価はカバーに表示してあります。

著　者　米澤穂信《よねざわほのぶ》
発行者　樋口尚也
発行所　株式会社 集英社
東京都千代田区一ツ橋2-5-10　〒101-8050
電話　【編集部】03-3230-6095
【読者係】03-3230-6080
【販売部】03-3230-6393（書店専用）

印　刷　凸版印刷株式会社
製　本　凸版印刷株式会社

フォーマットデザイン　アリヤマデザインストア　マークデザイン　居山浩二

ISBN978-4-08-744256-4 C0193